徳間文庫

眠りを殺した少女

赤川次郎

徳間書店

目次

1　雨に濡《ぬ》れて

激しい雨を突き破るような勢いで、少女は走っていた。

靴は路面を蹴《け》って、その度に水しぶきが飛ぶ。濡れていることなど、何でもなかった。冷たさも、気持悪さも感じない。ただ、自分の心臓が鋭い音をたてて、自分をせき立てるように聞こえているだけだった。

夜。――まだそれほど遅い時間でもないが、やはりこのひどい雨の中、この辺りが高級住宅地で、もともと人通りが少ないせいもあってか、少女は数百メートルも走って、その間、誰とも出会わなかった。

足を止めたのは、疲れて走れなくなったからではなく、自分がどこにいるのか、考える余裕ができたからだった。

足を止め、左右を見回して、初めて少女は見たこともない場所にいる自分に気が付いた。

窓に明りの点いた家が並ぶ。通りは決して狭くないが、今は誰も通っていない。

少女は後ろを——自分が駆《か》けて来た道を、振り返ってみた。

大丈夫。誰も追いかけてなんか来ないわ。

大丈夫。——もう大丈夫。

雨が全身を濡らしている。初めて、身震《みぶる》いした。吐《は》く息が白くなっている。

三月に入ったが、まだ寒い。風邪を引くかもしれない、と思って、それから少女は天を仰いで軽く笑った。間違いなく、笑ったのである。

車のライトが目に入った。近付いて来る。

——何の車？

屋根にタクシー会社のマークが黄色く光っている。タクシー？　でも、もちろん誰か乗っている。この雨だもの……。

近付いて来ると、赤く〈空車〉の文字が、雨を通しても読みとれた。——まさか！

そんなことが……。

少女は、手を上げた。——そう、きっと素通りして行ってしまうんだわ。こんな所で、女の子一人なんて乗っけちゃくれない。

でも、タクシーはブレーキをかけ、少女の方へ寄って停った。後ろのドアがスッと開いて、明るい、雨の降っていない空間が——快適そうな空間が、少女を誘惑した。

「あの……」

と、頭だけ入れて、「雨で濡れてますけど……いいですか?」

運転手は、中学校のときの体育の先生によく似ていて、ドキッとした。もちろん、別の人なのだけど。

「早く乗りなさい」

と、大分髪の白くなった、色の浅黒い運転手は言った。「風邪引くよ。座席はビニールシートだから拭《ふ》けばいい。心配しなくていいから」

「すみません」

座席に体を落ちつけると、初めて自分がどんなにひどく濡れているか、いや、むしろ水を着ているようなものだということに、気が付く。

ドアがバタンと音をたてて閉じる。——もう、ここには雨も降っていない。不思議な気がした。

「どこまで?」

と、運転手に訊《き》かれて、少女は、

「あ、ごめんなさい」

と言った。「あの——世田谷の方へ、遠くてすみません」

「構わないけど……大体どの辺り?」

ゆっくり車を走らせながら、運転手が訊く。

家の場所を説明しながら、少女は徐々に落ちついて来た。自分が確かな大地に足を着けている（今は車を介して、だが）と感じられた……。

「大分あるね」

運転手の言葉に、少女は、ブレザーのポケットを探った。――お財布。落としてないかしら？　あった！

「ちゃんと、お金、持ってます。先にお払いしても――」

運転手は笑って、

「いや、そんなことは心配してないよ」

と、言った。「ただ、ひどく濡れてるだろ。風邪引くと可哀そうだと思ってね」

「あ――いえ、大丈夫です」

大丈夫。――大丈夫だ。大丈夫だった。

何もなかったのだ。私には。

もっとも、あれを「何もなかった」と言えればのことだけど。

ただ、人を殺しただけだ、とでも言えればのことだ……。

目が覚めて、初めて小西智子《こにしともこ》は自分がいつの間にか眠ってしまっていたことに気が付いた。

雨は、大分小降りになっていた。タクシーは快適なスピードで走り続けている。

「——目が覚めた？」

運転手が訊く。

「はい。——眠る気じゃなかったのに」

「こっちでいいね、道は」

窓の外のネオンサインには見憶えがあった。レンタカーのオフィス。小さな営業所の割には、大げさなネオンを出している。

「ええ、この先の信号で左折です」

——人間って不思議なものだ。

智子は思った。眠っていても、意識の内の百分の一くらいは、ちゃんと時間を計ってでもいるのだろうか。家が近付くと、ちゃんと目を覚ます。

あれは、何もかも夢だったのかしら？

このタクシーに乗っている間に見た夢……。

しかし、そうではないことを、智子はよく知っている。もし夢だったら、こんなに雨に濡れた姿でいることはない。

そう。何よりも……膝や肩に残る痛みが、智子にあの出来事を思い出させてしまうのである。

もし――本当に夢であってくれたら！

智子は、深々と息をついて、座席にもたれた。

事実は、十八歳の高校三年生が受け止めるには、あまりにも重いものだったのである……。

「――そこでいいです」

と、角を曲って、すぐに智子は言った。

「どうもすみません」

料金を払って、いくらかおつりがある。「おつり、いいです」

と、降りかけると、

「いやいや」

運転手は、細かい硬貨を数えて、「チップは大人からもらうことにしてる。ちゃんとおつりも受け取ってくれ」

何となく、智子はホッとして笑った。――もう二度と笑うことなんかないんじゃないかと思っていたのに。

「はい」

と素直にもらって、「どうもありがとう」

「ありがとう、はこっちのセリフだよ」

と、運転手が言って笑った。「早く家に入って。風邪引かないようにね」

「はい」

智子は、目の前の家の玄関へと、トントンと石段を上って振り向いた。

タクシーは、エンジンをふかして走って行く。

少し待って、道へ戻った。

何のためにこんなことをしているのか、自分でもよく分らなかったが、ともかく自分の家を知られたくなかったのだ。

もちろん、小西家はそう遠いわけではない。ただ、一本違う道を入るのである。

雨はやみかけていて、智子は普通に歩いて行った。

大きな門構え。――この辺りでも、一番大きな「屋敷」である。もっとも、「お化け」がその前につきそうな古さではあった。

門の前で、インタホンを押そうとすると、後からパパッとクラクションの音がして、飛び上りそうになった。

姉の、赤いポルシェが静かに停るところだった。

「お帰り」

と、窓から顔を出した姉に向って言ってやるのは、妙な気分だ。

「智子、今帰ったの？　どうしたの、びしょ濡れよ」

「雨」

と、簡潔に答える。「門、開けて」

「乗りなさいよ」

「面倒くさいよ」

姉の聡子《さとこ》が、リモコンを門に向けてスイッチを押すと、一見、古びて動きそうもない木の門扉が、音もなく開く。

智子は、門が通れる幅だけ開くと、さっさと中へ入っていった。

「――お帰りなさい。あら、ご一緒だったんですか?」

お手伝いのやす子がエプロン姿で出て来る。

「お姉さんと門の前でバッタリ。――ね、雨に降られて、ずぶ濡れ。タオル、持って来て」

「はい! ――まあ、傘は?」

「失くした」

智子は、水を一杯に吸い込んで、ずっしり重いブレザーを脱いだ。

このまま上ったら、廊下の床板に、濡れた足跡を残すことになるだろう。

「そのままお風呂に入ったの?」

と、後から入ってきた聡子がからかうように言って、上って行った。

智子は姉がラフマニノフのメロディーを口ずさみながら、階段を上って行くのを見送って、不意に身震いした。

　ラフマニノフ。——これはね、ラフマニノフだよ。いい曲だろ？　女性を口説くときには一番効果的ってことになってる……。

　あの人はそう言った。

　そう言って——。

「早く上って、着がえないと、風邪引きますよ！」

　やす子が、大きなバスタオルを智子の頭からスポッとかけた。

「なあに、二人とも。こんな時間に夕ご飯なの？」

人のこと言える？　——智子と聡子は、熱いスープを飲みながら、互いに目でそう言い合った。

「智子はね、どこかでずぶ濡れになって帰って来たんだよ」

「お姉さん、告げ口はひどいじゃない」

「単なる報告。別に悪いことして来たんじゃないなら、心配しなくてもいいでしょ」

「まあ、大丈夫？　風邪引くわよ」

と小西紀子《のりこ》、つまり聡子と智子の母親は、智子のおでこに手を当てた。

煩《わずら》わしげにその手を払って、

「お母さんこそ、もう十時よ」

と、言い返す。

「忙しいのよ。あんたたちと違って、お付合いってものがあってね」

紀子が苦しげに、帯に手を当てた。——和服で出かけるときは、たいてい決ったグループの夕食会。

もともとは、聡子と智子の通っているN女子学園の父母会を介しての付合いだが、二人ともN学園には幼稚園からお世話になっているから、母親同士の付合いも相当に長いわけである。

太っては来たが、母親の紀子はずいぶん若く見える。今、四十六歳。三十代といっても通りそうな、マシマロのような色白の頰《ほお》をしていた。

「聡子はどこへ行ってたの？」

不思議なことに、紀子は妹の智子より、姉の聡子の方を「頼りない」と見ているようで、智子には、「どこへ行ったか」「何をして来たか」とか、訊くことをしない。

「買物よ」

と、聡子は答えた。「お誕生日のプレゼント、買いにね」

智子の手が止った。

「——お姉さん、誰の誕生日？」

「内緒」

と、聡子は言って、ちょっと舌を出した。

「何してるの」

と、紀子が呆《あき》れて、「やす子さん、お風呂は入れる？」

「今、智子さんが入られたばかりです」

「じゃあ、すぐに入るわ。——主人から電話あった？」

「いえ、特に」

「もしかかったら、お風呂場へ持って来て。ニューヨークだから、かけ直すの面倒で……」

母の声が、廊下から階段へと小さくなって消える。

「何、笑ってるの？」

聡子が不思議そうに妹を見る。

「うん、入浴中にニューヨークから電話が入ったら、と思っておかしくて」

「下らない」

と言いながら、聡子も笑っている。

やす子が、スープ皿を下げて、食事を運んで来る。

「へえ、グラタン？　冷凍の？」

と、聡子が言った。

「ちゃんと作ったのを冷凍しといたんですよ。何しろお二人とも、いつお帰りか分らないんですから」

やす子は、ちょっと皮肉って、「智子さん、足りますか？」

「パン、ちょうだい。それで充分」

――食べられる。

どうして食べられるんだろう。智子には不思議だった。

あんなことの後でも、お腹は空く。それは新発見だった。

「――いいもの、あったの？」

と、智子は姉に訊いた。「プレゼント」

「うん。少し値は張ったけど」

「誰にあげるの？」

「お母さんに内緒よ」

言いたくてうずうずしているのだ。「――片倉《かたくら》先生」

やっぱりか。それで分った。

プレゼントだな、君は。

あの人はそう言った。一日早いけど、いいだろう。

何が一日早いんですか？　そう訊くひまはなかった。――君はプレゼントだ。そう言って……。

「明日、先生の誕生日なの」

と、聡子は言った。「きっと大変よ、大学。片倉先生にプレゼントあげたがる子、大勢いるからね」

「もう休みに入ってるんでしょ」

「うん。でも、先生は大学へ来てるから」

行ってやしない。もう二度と、先生は大学へは行かないよ……。

「どうぞ」

やす子がパン皿にのせてくれる、切りたての、しっとりとした、弾力のあるパン。その白さが、懐しいようだ。

「お味は？」

「うん。――おいしい」

智子は、本当に味も分っていた。決して機械的に口を動かしているわけではなかった……。

「じゃ、奥様のお風呂を見て来ます」

と出て行く、やす子の後ろ姿は、なかなかみごとなプロポーションだ。

もう一年くらいこの家に住み込んで働いている「やす子」は、二十七、八だろう。丸顔で、美人とは言えないが、人目を引く華やかなものを持っている。

「やす子」は本当の名前ではない。この家では、お手伝いさんはずっと「やす子さん」なのだ。――理由は知らない。智子が生まれる前から、そうだったのだから。

だから、もう何人もの「やす子」が、この家にいたことになる。

今の「やす子」は何代目なのか。本名は確か岡田とか岡崎とか……。〈岡〉の字がついているとしか、智子も憶えていない。

「お腹一杯！」

と、聡子が言って、智子も同感だった。

一つの発見。――人を殺しても、ちゃんとご飯はお腹一杯食べられる、ということ。

智子は残ったパンを、グラタンの皿にこすりつけるようにして、口へ入れた。

――智子が片倉道雄《みちお》を殺してから、三時間ほどたっていた。

2　仮　面

目を覚ますと、もうお昼近くだった。

一瞬、智子は焦《あせ》った。

「遅刻だ！」

パッとベッドで起き上って――。「そうか、試験休みだ……」

学年末試験が終って、二日間の休み。一番のびのびとできる日である。

でも……。こんなにぐっすり眠ってしまった。

カーテンを通して射してくる日射しで、部屋の中はかなり明るい。

あれは、夢だったのかしら？　雨の中、濡《ぬ》れながら走ったのは……。

いや、そうじゃない。――パジャマを脱いで、智子は膝《ひざ》の辺りにあざができているのを見下して、思った。本当に起ったことなのだ。何もかも。

こんなにぐっすり眠って……。自分でも信じられないようだった。

人を殺したことが、こんなに何でもないものだなんて。

呟《つぶや》いた。

あれは仕方のないことだった。私のせいじゃないんだわ、と智子は自分に向って
でも、それはそれとして、本当ならば、ちゃんと名のり出なければいけない。

分っている。でも……。

カーテンを開けると、まぶしさに智子は目を細めた。

ともかく顔を洗おう。シャワーを浴びて、さっぱりするんだ。

そして考えよう。どうしたらいいのか。

とはいえ、今さら警察へ届け出るわけにもいかないし、また自分が決してそうはしないだろうということも、智子には分っていた。

——一階へ下りていくと、

「お目覚めですか」

と、やす子が、階段の手すりを拭いている。

「うん……。お母さんは？」

「お出かけです」

「お姉さんは——お出かけね」

と、智子は、やす子が、

「お出かけです」

と答えるのに重ねて言った。

二人はちょっと笑った。

「よく出るわねえ、二人とも」

「あまり他の方のことは言えないんじゃありませんか？」

と、やす子がからかう。「何か召し上ります？」

「うん。コーンフレークみたいなもんでいい。新聞は？」

「居間のテーブルです」

――もちろん、朝刊に事件のことが出るわけはない。

分っていても、智子はつい社会面を開き、記事をざっと眺めて、死亡欄にまで目を通していた。死体が見付かれば、当然記事になるだろうし、学園だって大騒ぎになるはずである。

そうか。姉は大学へ出て行ったのだ。

片倉道雄教授へ、バースデープレゼントを渡しに。

でも、姉たちは（たぶん何人もいるだろうから）、待ち呆《ぼう》けを食わされることになる。

今ごろ、おかしいね、と首をかしげ合っているかもしれない……。

まだ死体は見付かっていないだろうか？　――あのまま、深々としたカーペットに、倒れたままだろうか。

血を吐《は》いて倒れた片倉……。うつ伏せに倒れて、動かなくなった片倉。

もし——もし、片倉が死んでいなかったら？　重傷を負いはしたが、生きていたとしたら？

でも、そんなことはあり得ないと、智子にもよく分っている。頭をあれだけひどく割られて、生きていられる人間はいないだろう。

あれは弾みだった。もちろん夢中でもあったけれど、智子の力では、とてもあの重い影像は持ち上げられない。

激しい勢いでサイドボードにぶつかったとき、たまたま安定が悪かったのだろう、あの影像が落ちて来て、片倉の後頭部に当ったのだ……。

智子は目を閉じた。

君はプレゼントさ……。そう言ったとき、片倉の顔は、今まで見たこともないような、別人のそれに変っていた。

のしかかってくる片倉。その重さは、智子の想像もつかないほどだった。まるで地球そのものが自分の上にのっかったような——。

セーターの上から智子の胸をわしづかみにする手、膝の間に割って入る足。

警戒心を起す間もなかったことが、却《かえ》って抵抗を可能にした。もし、じわじわと片倉が迫って来ていたら、恐怖で身がすくんで、智子には何もできなかったろう。

突然の嵐のような暴力に、智子は反射的に抵抗していたのだ。何が自分に起ろうとしているのかさえ、分らなかった。

幸運だったのは、もみ合ったのが、手狭なソファの上だったということだ。身をよじった拍子に、一緒になって二人は床へ落ちた。片倉は、テーブルの足に膝頭をしたたか打ちつけたのだった。

その痛みにしかめた顔を、今でも智子は憶えている。おかしい顔だった。普段のときに見たら、笑い出していたかもしれない。

ともかく、その痛みで、片倉の手が力を失ったのである。

智子は床を転って、片倉から逃れた。

玄関へ。玄関へ。それしか考えなかった。玄関へ！

スリッパが脱げていて、カーペットに靴下が滑った。よろけた智子の腰を、片倉が後ろから抱きしめた。

振り回され、投げ出されたのが、あのサイドボードの前で、智子は膝と肩を強く打ちつけた。

痛さで涙が出た。片倉はもう自分のペースになったと知って、余裕を見せ、智子に馬乗りになった。そして……。

智子は、思い出して身震いした。

スカートの下を探って来る手、胸もとへ忍び込んで来る指の感触……。

抵抗しようとした。

君はプレゼントさ。──片倉はもう一度、そう言った。

その意味が分ったのは、ゆうべ姉が、片倉のための「プレゼント」を買って来た、と言ったときだ。

片倉を押し戻そうとする智子。それに苛立《いらだ》った声を上げて、片倉は手を振り上げた。殴《なぐ》りつけるつもりだったのだろう。

しかし、手を振り上げたとき、肘《ひじ》がサイドボードに当った。たぶん、智子が転ってぶつかったとき、あの影像は少し揺らいで不安定になっていたのだ。それが、片倉の肘の一撃で──。

バキッ、と何かが折れるような音がして……。片倉がぐったりとわきへ倒れた。

もし、智子へおおいかぶさるようにして倒れて来たとしたら、智子はとても片倉を押しのけられなかったかもしれない。あるいは吐いた血をもろに浴びていただろう。

しかし……。

「召し上って下さい」

やす子の声。

ハッと智子は目を開ける。

「どうかしましたか？」

「何でもない。別に」

そうだ。もう終ったことだ。

ダイニングで、智子は、ミルクをたっぷりかけたコーンフレークを食べた。

冷たいミルクが、胃を目覚めさせる。

そう。――私のせいじゃない。片倉が死んだのは。

あのとき、もう片倉は死んだも同じだったのだ。放っておいても、死んだだろう。

あのショック。――やっと起き上り、血を吐いて倒れている片倉のわきを、這《は》って逃げようとして、突然足首をつかまれたとき。

あれが、智子をパニックに陥《おとしい》れた。

叫んだとも思うし、暴れもしただろう。しかし――何も思い出せない。

ともかく気が付くと、自分は立ち上っていて、手に大理石の重い灰皿を持ち、その角には血と髪の毛がこびりついていた。

片倉は、それこそもう全く動かなくなって……。

智子は玄関から出て、マンションの階段を駆け下り、雨の降りしきる戸外へと飛び出したのだった……。

もう忘れよう。何もかも、すんでしまったことだ。

コーンフレークをほぼ食べ終って、智子は人の気配に振り向いた。姉がダイニングの入口に立っている。

「びっくりした。——いつ帰ったの？」

智子の問いが耳に入らない様子で、聡子は、

「先生が……」

と、言った。「片倉先生……」

「え？」

「片倉先生……死んじゃった！」

智子は、姉がすすり泣きながら、その場にしゃがみ込んでしまうのを、呆然《ぼうぜん》と眺めていた……。


「変だよ」

と、言い出したのは、阿部《あべ》ルミ子だった。

——いや、それは阿部ルミ子一人の意見ではなくて、その場にいた全員の考えていたことでもあったのだ。

「来ないわけないよ。片倉先生が」

と、ルミ子は続けた。

普段から、人一倍どころか「人三倍」くらいよくしゃべるルミ子なので、たいてい、みんな適当に聞き流しているのだが、今日ばかりは同感という様子だった。

ガランとした教室には、十人近い女子学生が集まっていた。その中には四年生もいて、今三年生の聡子は、顔ぐらいしか知らなかったのだが、いずれにしても、ここにいる女の子たちは、みんな片倉の「ファン」であり、誕生日のプレゼントを用意して、休み中にわざわざ大学へ出て来たのである。

「そうよね。どうしたんだろ」

と、四年生の子が心配そうに言って、「分ってるはずだもんね。私たちがプレゼント持って来るってことは」

「昨日だって、会ったときに言ってたよ。『何くれるんだ？　楽しみだな』って」

「具合悪そうとか、そんなこと、なかったんですか？」

と、ルミ子が四年生に訊《き》く。

「全然」

そこへ、足早に教室に入って来たのは、電話をしに行っていた四年生の女の子だ。

「――どう？　先生、いた？」

「いない」

と、息を切らしつつ、首を振る。「いくら鳴らしても、誰も出ない」

みんな一様に、落ちつかない様子で沈黙した。

「――行ってみましょ」

と、言ったのは――。

「由布子……。行くって？」

と、聡子が振り向く。

「先生の家へ行ってみるのよ」

「ええ？　だって……。そこまでやったら迷惑じゃない？」

「だけど、片倉先生は一人暮しよ。もし、病気にでもなって、熱出して寝込んでいたら……」

「そんなこと……」

とは言ったものの、聡子もそう思っていないわけではなかった。

家まで訪ねて行くという決心がつかないだけだ。

「行くのなら、みんなでね」

と、四年生の子が言った。「どうする？」

「私、行きます。誰も行かなくても」

小野由布子《おのゆうこ》の言い方は、四年生からは「生意気」ともとられかねないものだったが、この大人びた娘には、何となく文句をつけにくい雰囲気《ふんいき》があった。

実際、集まっている十人の中でも、知らない者が見れば、小野由布子が一番年上と思えただろう。

「そうね」

と、四年生の子が息をついて、「じゃ、行こうか。どうせ、みんな時間、あるんでしょ?」

結局、二人は後に予定があるというので、他の子にプレゼントを預けて帰ることになった。それでも、八人の女子大生がゾロゾロと訪ねていったら、向うはびっくりするだろう……。

「――何でもなきゃいいけどね」

と、阿部ルミ子が、駅への道を歩きながら言った。

ルミ子と聡子は、小学校のころからの仲良しである。――一見、幼なく見えるルミ子は、美人とは言えないが、至って気のいい、サバサバした子だった。

聡子はルミ子と並んで歩き、小野由布子は一人で、誰とも話をせずに歩いている。

ピンと背筋を伸して、じっと真正面を見て歩く由布子には、「キャリアウーマン」の雰囲気さえ、感じられる。

「大丈夫でしょ」

と、聡子は肩をすくめて、「大方、本を読みながら眠ってたとか、そんなことよ」

「そうね」

と、ルミ子が言った。

暖かい、いい日和《ひより》である。少し歩くと、暑く感じられるくらいだ。

「――由布子、本気だね」

と、ルミ子がそっと言った。

「え？」

聡子はルミ子を見た。

「本気でものにする気よ、片倉先生を」

聡子は、小野由布子の後ろ姿を見て、

「まさか」

と、言った。

「あの子ならやるわよ。結構、大人の女って感じだし」

「でも、先生の方が――」

「片倉先生だって男よ」

と、ルミ子は言って、「ね、もしさ、行ってみて、片倉先生が誰か女の子と一緒だったら？　由布子がどんな顔するか、見ものだね」

「しっ、聞こえるわよ」

しかし、たとえ聞こえたとしても、小野由布子は全く気にしなかっただろう……。

ともかく、電車に乗り、約一時間かけて、八人は片倉道雄の住んでいるマンションに着いたのである。

――インタホンにも、全く応答はなかった。

「留守かね」

「どうする?」

インターロックの扉が開いて、買物に行くらしい主婦が出て来た。

小野由布子が、その扉が閉る前に、素早く中へ入ってしまう。

「由布子!」

と、聡子が声をかける。

「部屋へ行ってみる。心配なの」

「じゃ、みんなで行こうよ。開けて」

と、四年生が言うと、由布子は少し気の進まない様子で、扉を開けた。

「〈305〉だったね」

と、ルミ子が言った。

エレベーターで三階へ上り、〈305〉の部屋を見付けるのは簡単だった。ここでもチャイムを鳴らしてみたが、何の返答もない。

ドアを叩《たた》いていると、隣のドアが開いた。

「——何してるの？」

と、中年のおばさんが顔を出す。

「学生なんです。片倉先生に教わってる。先生、お留守ですか」

「さあ……何だかゆうべドタバタやってたけど」

「ドタバタ？」

と、由布子が眉《まゆ》を寄せた。

「そう。何してんのかしら、と思ったわ。でも、今日は見てないわね」

誰もが顔を見合わせる。——と、突然、由布子がドアを開けた。

「鍵、かかってない」

「由布子！　待ちなさいよ」

聡子が止める間もなく、由布子は中へ入って行ってしまった。

続いて四年生たちが次々に中へ入る。——聡子はまだためらっていたが、廊下に立っているわけにもいかず、玄関へ入った。

「勝手に上っていいの？」

とルミ子が言って、聡子も、

「ねえ、ちょっとそこまでは――」

そのとき、悲鳴が（誰が上げたのか、よく分らなかったのだが）聞こえて、二人は立ちすくんだのだった……。

3 追悼

すすり泣きの声が、あちこちで上った。

講堂には、合唱部の歌う〈アヴェ・マリア〉が流れている。

正面の壇上には、片倉道雄の大きな顔写真が花に囲まれて、微笑《ほほえ》んでいた。――学校葬。

四十になったばかりの教授がこんな扱いを受けるのは珍しい。

そう。――マスコミ向けなのよね。

智子は講堂の椅子に腰をおろして、じっと身じろぎもせずに座りながら、考えていた。

片倉は、三十七歳の若さで教授になった。

それには、もちろん当人の学問上の業績（片倉は心理学の教授だった）もあったが、TVや雑誌によく登場し、マスコミに顔が売れているということも、プラスになったに違いない。

私立校としては、学生集めのための〈スター〉を必要としているのだ。

四十歳で独身。一人住まいの片倉には、当然の如く、女子学生との噂《うわさ》も立った。

しかし、どれも結局は噂に過ぎず、むしろ顔が知られすぎてしまった片倉は、「真面目人間」でいる他はなかったのだろう。

——智子は、花に囲まれた片倉の笑顔を、じっと見返した。

あの顔……。あのやさしい顔が、あのときには悪魔のように笑ったのだ。

「このような、憎むべき犯罪を、決して許すことはできません！」

学長の挨拶《あいさつ》は、いささか芝居がかって、智子を白《しら》けさせたが、多くの女の子たちは、それを聞いてすすり泣いていた。姉の聡子も、たぶん泣いていただろう。

「必ずや犯人が逮捕されるものと信じます」

学長はそう言った。

——智子は、立ち上って叫んでやろうかと思った。

「先生！　犯人ならここにいますよ！」

と……。

もちろん、そんなことはしない。馬鹿げている。

——片倉の死から、十日たっていた。

一時、新聞やTVもこの事件を追いかけて、大騒ぎだった。

物盗りの犯行ではない。何者かの個人的な恨《うら》みによる犯行、とTVは伝えた。

智子は、大分落ちついて来ていた。——事件直後よりも、却って三日ほどたってから、恐ろしくなったのだ。

家にいても、チャイムが鳴ると、刑事が逮捕に来たのかと飛び上り、電話が鳴ると、出頭を求める呼出しかと身を固くした。

何といっても、智子はあらゆるところに手がかりを残している。片倉の部屋で、コーヒーも飲んだ。カップはそのままにして来たから、当然血液型や指紋が、そこから出ているはずだ。

それに、片倉と二人であのマンションへ入るところを、ピザの宅配の男の子に見られている。加えて、大理石の灰皿にははっきりと智子の指紋が残っているはずだし、マンションから飛び出して行くところを、誰か——一人や二人は見た人もいるだろう。

そしてタクシーの運転手。

あの時刻に、雨に濡《ぬ》れた妙な女の子が乗って来たこと。えらく遠くまで乗って帰ったこと……。

あの運転手は、きっと怪《あや》しいと思うだろう。そして警察へ届け出る。

「その子をどこで降ろした？」

と訊《き》かれる。

あの辺で、N女子学園へ通っている子がいるか？　――いる！　小西智子だ。

智子の写真を、運転手へ見せる。

「あんたが乗せたのは、この子だったかね？」

運転手は、しっかり肯《うなず》いて、

「間違いありません。つり銭はいらない、って言ったんで、そんなことは大人の言うことだって言ってやったんです。ちゃんと憶えてます」

これで決りだ。――外へ出た智子に左右からすっと男たちが寄って来て、腕をつかむ。

「小西智子だな」

「そうですけど……」

智子はもう震えて青ざめている。

「片倉道雄を殺したな」

「私……」

「証拠は上ってるんだ！　素直に白状しろ！」

怒鳴られて、智子は泣き出す。そして手首には冷たい手錠をかけられるのだ。

しかし――現実には、そんなことは一向に起らなかったのである。

起ってほしかったわけでは、もちろんない。しかし意外なほど、警察の捜査は「難航している」のだった。

考えてみれば、当然のことかもしれない。

指紋を残したといっても、もともと智子の指紋が警察に登録してあるわけではない。雨の中、時間内にピザを届けようと焦《あせ》っている若者が、いちいちすれ違った人間の顔を憶えているものか。

降りしきる雨の中へ駆け出した智子を見ている人間がいたとしたら、よほどの偶然か物好きだろう。雪景色ならともかく、雨が降るのを眺めていても、面白くもなんともない……。

あのタクシーの運転手にしても、「女子高校生らしい女の子」が手配されているわけでもなく、あれだけマンションから離れた場所で乗せているのだ。――事件と結びつけて考える理由は何もない。

そう思い付くと、智子の恐怖は春になって消えて行く雪のように、消え去ってしまった。

「――〈疫病神《やくびょうがみ》〉が来てる」

と、隣に座った子がそっと囁《ささや》いたので、智子はふっと我に返った。

「何？」

「ほら、山神《やまがみ》よ」

山神完一《かんいち》。——片倉と同じ、N女子大学の助教授である。

「疫病神」というのは、山神のあだ名だ。

学生の生活指導担当で、山神のせいで（当人たちのせい、という点は別にして）、退学、停学の処分を受けた学生は、数多い。

当然の如く、学生たちには嫌われている。

山神当人も、至って陰気な、

「何を楽しみに生きてるのか分らない」

「笑うことがあるのかしら」

と言われるタイプ。

やせて、色白で、特に今日は黒の背広とネクタイなので、一層、「疫病神」の名がぴったりである。

「内心喜んでるよ」

と、低い声で話しているのが、智子の耳に入った。

そう。——智子も知っていた。

山神は、片倉と同じ心理学の講義を受け持っている。そして片倉より五つも年上なのに、結局、教授のポストでは、片倉に先を越されてしまったのだ。

その後、山神が、食堂などで顔を合せても片倉に挨拶もしない、という話は、N学園中に知れわたっている。

「これで山神先生、教授だものね」

と、誰かが言った声が少し大きすぎたのかもしれない。

山神が、チラッと振り向いた。——その視線は、なぜか智子の上に止った。

私じゃありませんよ！　智子はそう言いたかったが、まさかそんなわけにもいかず無視していた。

ところが——奇妙なことに、しばらくして山神の方へ目をやると、山神の視線はまだ智子の上に止っていたのだ。

智子はムッとして、じっと山神をにらみ返してやる。すると山神は、唇の端に薄く笑いを浮かべて——錯覚ではなかった——ゆっくりと視線を前の方へ戻した。

何だろう、あれは？

智子は不思議な気持で、その後もチラチラと「疫病神」へ目をやっていた……。


「あーあ」

聡子は、家へ帰ると、黒のスーツのまま居間のソファに引っくり返った。

「何してんの」

と、智子は言った。

「悲しみに沈んでんのよ」

「その格好で？　説得力ないよ」

と智子は言った。「着がえくらい、したら？」

「お帰りなさい」

と、やす子がドアを開ける。「お浄めの塩は？」

「告別式ってわけじゃないんだから」

と、智子は言った。「お母さん、どこかに出かけた？」

「もちろん」

と、やす子はあっさり言った。「何かお食べになりますか？」

「まだいいわ。夕ご飯を少し早めにして」

と、智子は言って、二階へ上ろうとした。

門のインタホンを誰かが押した。

やす子が駆けて行く。――誰だろう？

智子は、階段を二、三段上りかけて、足を止めていた。

やす子が戻って来た。

「誰？」

と、智子が訊くと、

「小野様とおっしゃる方です」

「小野?」

「聡子さんのお友だちとか」

「由布子?」

と、聡子が出て来て言った。「何だろう? 入れて上げて」

「はい」

駆けて行くやす子へ、

「着がえてくるから、居間で待たせてね」

と、聡子は呼びかけた。

「——小野由布子って、あの?」

「そう。一緒に片倉先生の所へ行った子よ」

と、聡子は智子を追い抜いて二階へと上っていく。

智子も、興味があった。——小野由布子が何の用事でやって来たのか。

話に加わろう、と智子は思った。

「家へ帰ってないの?」

居間へ入った聡子は、小野由布子が、黒いワンピースのままなのを見て、言った。

「ええ」

と、由布子はいつもの無表情で肯くと、「妹さんね。智子さんだった？」

「こんにちは」

「智子。あなた部屋に行っててよ」

「構わないわよ」

と、由布子は止めた。「仲間は多いほどいいわ」

「仲間？」

「座って」

と、由布子は言った。「私ね、片倉先生を殺した犯人を知ってるの」

聡子と智子は、言葉もなく、ソファに腰をおろした。

「何て言ったの、由布子？」

「犯人を知ってる、って言ったのよ」

「誰なの？」

「動機が問題でしょ。殺すだけの理由のある人。――片倉先生はみんなに好かれていた。動機のある人は少ないわ」

智子は黙っていた。

みんなに好かれていた……。そう、誰もがあの先生の〈仮の顔〉を愛していた。

「動機って……」

「あの先生のおかげで教授になれず、恨《うら》んでた人よ」

「山神先生？」

「そう。〈疫病神〉よ。他には考えられない」

「でも――」

「もちろん、証拠は必要よ。アリバイも当らなくちゃね。でも、殺人犯は頭が良くはない。必ずボロが出るわ」

「待ってよ、由布子。何をしようっていうの？」

「山神先生が犯人だってことを、立証したいの。力を貸してくれる？」

由布子は、いつになく力強く、顔を紅潮させて、そう言った。

――智子は、もちろん何も言えない。

「お待たせして」

やす子が紅茶をのせた盆を手に、入って来た。

4　卒　業

「小西智子」

と、マイクを通した声が、講堂の中に響き渡る。

「はい」

はっきりと返事をして、智子は立ち上った。

見てるかな、お母さん。結構、寝坊して遅刻したりして。

いや、やす子がいるから、寝坊はしないだろうが、家を出て途中でちょっと、

「お友だちと話し込んだりして」

遅れて来る、ということは、充分に考えられる。

智子は、前の子と十メートルほどの間隔を保って、壇上へ向いながら、後でお母さんに訊《き》いてやろう、と思っていた。

私の前の子が階段でつまずいたの、見たでしょ？

ええ、見たわよ、とでも母が答えれば、何も見ていなかったことがばれてしまうわ

けだ。

もちろん、実際には誰もつまずいたりしなかった。壇上に上って、足を止める。前の子が、高等部長の青柳先生から、卒業証書を受け取って一礼すると、反対側へと歩いて行く。智子の番だ。

智子は、少し胸を張って、しっかりした足どりで進んで行った。

青柳《あおやぎ》先生は、以前、このN女子学園の小学部の部長をしていて、そのとき智子も小学生だった。母が父母会の役員をしていたので、青柳先生は智子のことをよく憶えているはずだ。

卒業証書を先生から手渡される。

「大学へ行っても、しっかりな」

智子が小学生のころと比べると、すっかり髪が白くなって老《ふ》けた（当然のことだが）青柳先生が言った。低い声だったので、他の人には聞こえなかっただろう。

智子も小さく、

「はい」

と返して、一礼した。

壇を下りながら——でも、青柳先生は知らない、と智子は考えていた。何も知らない。

私が人を殺したこと。片倉先生を殺したことを、知らない……。

卒業証書をゆるく丸めて持つと、智子はそのまま講堂から外へ出た。——そう。これで卒業式は終ったのである。

表では、先に証書を受け取った子たちが、みんなで写真をとり合ったりしている。親たちも講堂から出て来始めていた。

暖かい、よく晴れた一日。卒業式にはうってつけの天気だった。

「やあ、智子」

と、肩を叩《たた》いたのは、中学生のころ仲が良かった三井良子《みついよしこ》である。

もちろん今でも会えば話はするのだが、高校生時代はクラブも別で、あまり会う機会もなかった。

それに——良子は少し変ってしまった。

「元気？」

と、良子は言った。

「うん。——良子、どこへ行くの？」

と、智子は訊いた。

むろん、このN女子大のどの学部へ進むのか、という意味で訊いたのである。

「さあね」

と、三井良子は目を少し細くして空を見上げると、「親の思いのままよ。どこか遠くへやられるんだ」

「良子……。大学じゃないの？」

そのときになって智子は、いつか母が、

「三井さんのとこは……」

と、小さな声で電話していたことを思い出した。

「知らなかった？」

と、良子は卒業証書をヒラヒラさせて、「これだってお情《なさけ》よ」

そう。――高校時代、良子は遊びに遊んで、先生たちに手をやかせていたらしい。

智子もそれは知っていたが、何しろ小学生、中学生、と優等生で通していた良子のイメージしかないので、大したことじゃないだろうと思っていたのだ。

「知らなかった……」

と、智子は言った。「外へ出るの」

「少年院に入れられないだけましかな」

と、良子は笑った。

智子がドキッとするほど、良子は「大人の女」に見えた。背も高く、体つきも、すっかり大人だ。

髪もパーマをかけ、少し染めているようだった。

「何かやったの？」

と、智子は訊いた。

すると良子は、智子の腕をとって、

「こっちへ来て。——こっち」

と、講堂のわきへ引張って行くと、「これよ」

ブレザーのポケットから、紙にくるんだ物を取り出す。

「何？　タバコ？」

「マリファナ」

と、良子は平然と言った。

「本当に？」

「これ持ってるとこ、捕まったの。言い逃れはしなかった。友だちの、預かってただけなんだけどね。でも、私もやってないわけじゃなかったし」

「良子……」

「いいのよ、心配してくんなくても。好きでこうなったんだから。智子は真面目ね。いい大学生、いいＯＬになって、いいお嫁さんになる、か。——でもね、男と女の間は、どんなに見た目が幸せな夫婦でも、分んないものよ」

良子の言葉は、すでに彼女が男を知っていること——それも、単に経験したことがあるというだけでなく、もっと愛とか憎しみとかを通り抜けて来ていることを、感じさせた。

「残念だね」

と、智子は言った。「小学生のころ、良子、私のことをいつもかばってくれた」

良子は笑って、

「あのころ、智子は本当に赤ちゃんでさ。よく泣いたしね」

「そうだった」

と、智子も笑った。

でも——もう戻れない。誰も、時間は戻せないのだ。

「元気でやりなさい」

と、良子は智子の肩をポンと叩いた。

良子はマリファナで、結局、退学同然だ。私は人を殺したというのに。

もちろん、殺すつもりではなかったし、責任といえば向うにある。でも人一人の命を、この手で奪ったことは確かである。

「——智子！　ここにいたのか」

と、姉の聡子がやって来る。「あら。三井さん？　良子ちゃんでしょ」

「今日は」

「久しぶりね。——智子、向うでお母さん、待ってるよ」

「すぐ行く」

と、智子は肯《うなず》いた。

「——お姉さん、相変らず美人だね」

と、良子が聡子の後ろ姿を見送って、言った。

「この間の、片倉先生の事件で、すっかり落ち込んでたの」

と、智子はさりげなく言った。「でも、やっと元気になったみたい」

「片倉教授殺害事件か」

と、良子は肯いた。「迷宮入りかね、あの事件」

「どうかしら」

「女だよ」

と、良子が言った。

「どういう意味？」

「犯人。——みんな見当違いの推理ばっかりしてるけど、犯人は女」

智子は、まじまじと良子を見て、

「どうして分るの？」

「あの先生、女の子にもてた。分るでしょ?」

「そりゃあ……。でも——」

「頭が良かったのよ。それなりに噂《うわさ》になる女子大生とか、わざと目につくようにして付合ってた。分る? その代り、調べても、決して深い仲じゃないってことが知れる。すると、あの人は見たところほど、女の子に手を出しちゃいなかったんだ、ってことになるでしょ」

「本当は——そうじゃなかったの?」

良子は、チラッと遠くへ目をやって、

「もう行った方がいいよ」

と、言った。「お母さんが待ってるでしょ」

「うん……」

智子は、良子の話に興味があった。片倉のことを、もっと聞いていたかったが、そうは言いにくい。

「じゃ、良子——」

「うん」

と、良子は肯いて、「もし片倉先生のこと、もっと聞きたかったら、今日夕方の六時に、〈P〉へおいで」

「〈P〉？　あの駅前の？」

「そう。じゃあね」

智子が行きかけると、

「ここにいたのか」

と、厳しい顔の男がやって来た。「良子！　何してるんだ、こんな所で」

良子の父親なのだ。智子は気になって、足を止めて振り返った。

「何もしてないよ」

と、良子は言った。

「行くぞ。その卒業証書、大事にしろ。高かったんだ」

有無を言わせぬ口調。

「そんなに高かったの。悪いわね」

と、良子が言い返した。

「何が悪いんだ」

「これよ」

良子は、父親の目の前で、卒業証書を一気に二つに裂《さ》いた。父親の顔から血の気がひく。

良子は足早に、学生たちの間を抜けて行ってしまった。父親は、地面に落ちた卒業証書を震える手で拾い上げると、ていねいに丸め、よろけるように歩き出した。

智子は、父親にも同情していたが、同時に、良子だって何か理由がなければ、ああはならないだろう、と思った。

母が待っている。――智子は、もうほとんどの学生が集まっている方へと歩いて行った。

「智子、何してたの」

母親の紀子が和服姿で立っている。その母のそばに、今やパリにいるはずの父親の姿を見出して、智子はびっくりした。

「お父さん……。何してるの」

「ご挨拶《あいさつ》だな」

と、小西邦和《くにかず》は笑って、「パリから飛んで来たんだぞ」

「へえ。ご苦労様」

「おい、それだけか、言うことは」

と、父が笑う。

「もう明日の飛行機で発《た》つんですって」

と母の紀子は不満顔。「二、三日いられないの?」

「仕事がある。仕方ないだろ、お前らを食わしてくためだ」

と、父は言って、「午前中の飛行機だ。少し早く出ないとな。――おい、どこかで晩飯を食べよう。お祝いだ」

「うんと高い店でね」

と、聡子が言った。

「これだから、稼がんとな」

と、小西邦和は笑った。

智子は、さっきの三井良子の言った「六時に〈P〉で」という言葉を思い出して迷った。片倉のことも訊きたい。しかし、父がわざわざパリから戻って来たのに、夕食に付き合わないとは言えない。

「智子！　写真、写真！」

と、同じクラスで一番仲良くしていた、堀内《ほりうち》こずえが駆けて来る。

「あ、そうか。――両親もよ、一緒に」

「そうか。じゃ、行こう」

と、小西が妻を促《うなが》す。

講堂前の階段に、ズラッとクラス全員が揃《そろ》って、その後ろに親たち。ほとんどの子は両親揃っているので、智子も父が帰って来てくれて良かった、と思った。

「いつも娘がお世話に」

と、父が青柳先生に挨拶している。

父、小西邦和は、目立つ人間である。大柄で胸が厚く、堂々とした印象を与えるからだろう。実際、青柳先生と話していると、大人と子供みたいである。

自信と力に溢《あふ》れている。――そんな雰囲気を、小西邦和は身につけていた。

「あなた、後ろに」

「ああ、並ぼうか。では、失礼します」

小西が青柳先生に一礼して、父母たちの端に加わる。母は顔見知りの母親たちと挨拶を交わしていた。

智子は、堀内こずえと並んで立った。こずえが小柄なので、一番前の列になってしまう。

「はい、皆さん、カメラの方を見て！」

カメラに詳しい先生が、6×6判の大型カメラで、記念撮影である。

「はい、笑って。――はい、もう一枚」

智子は、姉がわきの方に立ってこっちを眺めているのに気付いた。微笑《ほほえ》んで見せると、姉も小さく手を振った。

そして、智子は、そのまま姉の背後に視線をやって、そこに場違いな人間を見付けていた。

あの山神完一、「疫病神」のニックネームのある助教授だ。もちろん、このN女子学園の職員なのだから、通りかかるのは不思議じゃない。しかし山神は、立ち止って、じっとこっちを眺めていた。

智子には、山神がわざわざこの卒業式を見に来たように思えたのだ。

そして――なぜか山神の陰気な視線は、智子を見ているようだった。

「はい、笑って！」

という声にハッと我に返った智子は、カメラの方へ視線を戻し、ニッコリと笑った。

カシャッ、とシャッターの落ちる音がした……。

5 驚き

「車を取って来る。ここで待ってろ」

と、小西邦和が言って、大股《おおまた》に歩いて行く。

紀子の方は、通りかかった仲のいい母親と、

「ねえねえ、月末のお昼の会、どうなった?」

と、話を始めた。

「お昼の会」というのは、仲のいい母親同士、月に一、二回集まって、有名なレストランでランチを食べ、おしゃべりをするという、それだけのこと。

ま、「夜中の会」にならないだけいいよね、と姉の聡子などは言っている。

「――気が付いた?」

と、聡子が言った。

「何?」

「山神先生、来てたでしょ」

「ああ……。見たよ。何しに来たの？」

「さあね」

と、聡子は肩をすくめて、「これから大学へ入って来る子たちの中に、可愛い子がいるかどうか、下見に来たんじゃない？」

「まさか」

と、智子は笑った。「――ね、小野さんの言ってたこと、どうなったの？」

山神完一が犯人だ。小野由布子はそう信じていた。

山神が犯人だという証拠を、自分たちの手で見付けよう。――あの小野由布子の提案は、真剣そのものだった。

「あれ？　ま、その内成果を教えてあげるわよ」

と、聡子は思わせぶりに言った。

「本当に何かやってるの？」

と、智子は言った。「やめた方がいいよ。もし全然別の人が犯人だったら？」

「それなら、証拠なんか出て来ないでしょ」

「もし、本当に犯人だったら、危ないじゃないの」

「大丈夫。危ないことはしないわよ」

と、聡子は言った。

そう。——いくら片倉先生のことが好きだったとしても、姉は飽きっぽい。いつまでも一つのことをしつこくやっていられる性格じゃないのだ。

あの小野由布子はどうか知らないけれど。

ともかく、姉はやがて面倒くさくなって、忘れてしまうだろう。その点、智子は安心していた。

でも——本当に、今日、山神は何しに来ていたのだろう？

「お父さんだよ」

と、聡子が言って、父の運転するベンツが走って来るのが見えた。

食事はおいしく、食卓もにぎやかそのものだった。

もちろん、聡子にしろ智子にしろ、自分の財布ではとても入れない、フランス料理店。

「——ちょっと、電話する約束になってるんだ」

と、スープがすんだところで、智子は席を立った。

「電話、お席にお持ちしますが」

と、店の人が言ってくれたが、

「いえ、結構です」

と断って、入口のわきにある公衆電話の所へ行った。

もう時間は七時になっているが、三井良子はまだ〈P〉にいるだろうか？　〈P〉はよく学生同士、待ち合せに使う店で、電話番号が手帳に控えてある。

「――もしもし。〈P〉ですか？　――三井良子さん、いますか」

呼んでもらっている間が、ずいぶん長く感じられる。――しばらくして店の人が出た。

「今、いないね。さっきまでいたんだけど」

「そうですか……」

と、智子はがっかりして言った。「じゃ、結構です。すみません」

片倉先生のこと。――良子は何か知っている様子だった。もちろん、片倉は死んでしまったのだし、犯人は分っているのだから、今さら何を聞いても仕方ないようなものだが、姉が何やら余計なことをやったりしているのも気になる。

また良子と連絡をとって、改めて会ってみよう、と智子は思い直した。

席へ戻ると、魚料理が出て来たところだった。

「ソース、おいしいね」

と、聡子がパンにソースをからめて食べている。

「そうだ」

と、父の小西邦和が言った。「お前、片倉先生のこと、良く知ってたろう」

聡子の手が止る。小西は全くそれに気付かない様子で、

「片倉先生、どこかへ行ってるのか？」

と言ったのである。

テーブルが沈黙に包まれた。小西は戸惑って、

「どうかしたのか？」

「お父さん……。知らなかったの？」

と、智子は言った。

「知らないって、何をだ」

「私……手紙出したのに、ロンドンの方へ」

と、聡子は言った。「届かなかった？」

「先生、亡くなったのよ」

と、母の紀子が言った。「恐ろしいことに、殺されたの」

何ということもない口調で言われた言葉が、小西に与えたショックは大きかったようだ。

小西の手から、音をたててナイフとフォークが皿の上に落ち、危うく皿が割れるかと思えた。

「――お父さん、どうしたの？」

智子は、父の顔から血の気がひいているのを見てびっくりした。

そして、父は突然立ち上ると、大股に化粧室へと歩いて行ってしまう。――残った三人は、顔を見合せた。

「お父さん、片倉先生と親しかったの？」

と、智子は訊《き》いた。

「さあ……。お聞きしたことないけど」

と、紀子も当惑している。「でも知り合いではあったはずよ。何かの会でご一緒だったでしょ」

しかし、今の父の驚きようは、並大抵ではない。智子は、姉の聡子の方が、びっくりしながらも、ちゃんと料理を食べ続けているのを見て感心（？）した……。

父が戻って来る。

「や、すまん」

と、もういつもの様子に戻って、「何も知らなかったんでな、びっくりした」

智子は父が少しわざとらしい元気の良さで食事を続けるのを見ていた。

「――一体何があったんだ？」

と、少しして、父は訊いた。

智子も聡子も、説明するには気の進まない理由を持っている。

紀子が、新聞にのった程度のことを、夫に話して聞かせる。

「そうか……。気の毒にな。いくつだった？　せいぜい四十かそこらだろう。――可哀そうに。犯人は見付かったのか？」

「いいえ、まだ」

と、聡子が魚料理を食べ終えて、やっと口を開いた。「ね、ワインをもらってもいい。もう一本？」

「ああ。大丈夫なのか、お前？」

「うん、強くなったのよ」

「じゃ、頼みなさい」

小西は、大して気にもとめていない。外見とは裏腹に、片倉の死を知ったショックから立ち直り切っていないのだろう、と智子は思った。

「――明日の飛行機、何時になったの？」

と紀子が訊く。

「うむ？　ああ、もう家にファックスが入ってるはずだ」

小西が答える。

ふと、智子は思い付いて、

「お父さん、今夜、どこかのホテルにでも泊ったら?」

と、言った。

「ホテル?」

「明日、ちゃんと起こしてくれるし、空港に行くにも、家から行くよりは少し楽でしょ」

「まあ……。それはそうだが」

「お母さんと二人でさ。ずっと放っといちゃ浮気されるわよ」

紀子が真っ赤になって、

「智子。何言い出すのよ」

と、にらんだが、本気で怒ってはいない。

「そうだな……。それも悪くない。どうだ、お前は」

と、紀子を見る。

「どうって……。そんな簡単に――」

「簡単さ。Kホテルなら、いつでも取れる。何か必要な物がありゃ、家までどうせこの二人を送ってくんだ。取ってくればいい」

「でも、学校が――」

「今日は卒業式だったのよ」

と、智子は言った。「お姉さんだって春休みだし。構わないよ」

「そうしよう。――君、ちょっと電話を」

と、小西がコードレスの電話を持って来させ、Kホテルの支配人へ電話を入れる。

「――じゃ、スイートルームを頼む。――ああ、よろしく」

「あなた……」

「もう部屋を取った。この二人も、飢え死にしやしないさ」

「それどころか、もうお腹が苦しい」

と、聡子が大げさにため息をついた……。


「――お荷物を」

と、やす子がボストンをさげて、玄関へ出て来る。「行ってらっしゃいませ」

「ありがとう。また留守を頼む」

と、小西は言って、「紀子。――何してるんだ」

「お待たせして」

智子は、母がいそいそと出て行くのを、居間のドアを開けて見ていたが――。

「楽しそうだよ、結構」

と言って、ドアを閉めた。

「あんたにしちゃ、気のきいたことするじゃない」

と、聡子が言った。

「だって……お母さんがいやに寂しそうにしてるし」

「そうね。月に一日か二日しか帰って来ない亭主じゃ、寂しいよね」

「夫婦の危機ってやつ？」

「あんたが心配するのは、ちょっと早いんじゃない？」

と、聡子は笑った。

「――聡子さん、小野様からお電話です」

と、やす子が顔を出す。

「由布子？　部屋で取るわ」

と、聡子は急いで居間を出て行った。

智子はソファに寛《くつろ》いでTVを点けたが、大して見たいものもなく、またすぐに消してしまった。

――高校生活も終り。

何だか、全く実感がなかった。本当に四月から、大学生になるんだろうか？

さほど規模の大きくないN女子学園は、大学も同じ敷地内にある。つまり、外部から大学を受けて入学して来る子もいるにせよ、高校からそのまま進む子にとっては、同じ場所へ、同じ子たちと通うわけで、あまり生活が変ったという気持になれないのも当然のことだろう。

――でも、もちろん智子にとって、高校生活は、とんでもない「しめくくり」を迎えることになってしまった。

片倉の死から二週間余り。――もう、警察がやって来て捕まえるんじゃないか、という恐怖はない。

その代り、片倉の死によって、何が変ったか。そっちに、今は関心があった。

山神が、片倉の死に伴って教授に昇格するのは、間違いないと言われていた。山神は野心家である。教授になって、おとなしくしているとは思えない、とか。

これは、母が親しい友人から耳にした話である。――何しろ、これだけN学園の父母として役員などをやっていると、あちこちに、「情報源」ができるのだ。

「――そうだ」

と、やす子が、また居間に顔を出して、「お帰りの少し前にお電話が。忘れてました。すみません」

「私に？　誰から？」

「三井様とおっしゃる方です」

良子だ！　――でも、家にいるのだろうか。

「自宅にいるって言ってた？」

「お友だちのお母様でした」

「お母さんから？」

「お帰りになったら、電話を下さい、と」

「分ったわ。まだ時間、早いし」

電話の一本は姉が使っている。智子は、台所の電話から三井家へかけた。

「もしもし」

びっくりするほどすぐに向うが出る。

「あの、小西です」

と、智子は言った。

「あ、智子ちゃん？　ごめんなさい、わざわざ」

「いいえ」

「うちの良子と、今夜会わなかった？」

「良子さんですか？　卒業式のときに――」

「主人から聞いたわ。恥ずかしいことで……」

と、ため息をつく。

「その後は会っていません」

「そう……。まだ帰らないの。いつも遅くなるのは珍しくないんだけど、今夜はね……」

少しためらって、「何か、やけになって、とんでもないことをしなきゃいいんですけどね」

「良子さん……あんなに頭が良くて、しっかりしてたのに」

「そう。小学部、中学部のころは本当にいい子だったのにね……」

と、母親が声を詰らす。

「何があったんですか」

と智子が訊くと、

「その内、ゆっくりお話するわ。ごめんなさい。あの子からかかって来るといけないから——」

「そうですね。じゃ、また——」

と言いかけて、「あの……今日、夕方には駅前の〈P〉にいると言ってました」

「駅前の〈P〉？　ありがとう！　訊いてみるわ」

母親の声が、やっと明るくなった。

電話を切って、しかし、智子の気持はなぜか重苦しかった。

良子がまだ帰っていないということ、それ自体はそう心配していなかった。しかし、良子が遅くまでどこで何をしているのか、それが気になったのである。

あんなにいい子が……。

どこでどう狂ってしまったのだろう。

「智子さん」

と、やす子が声をかけた。「お風呂、お入りになって下さい」

「うん」

と、智子は肯《うなず》いて、二階へと駆け上って行った……。

6 悲劇

春休みの初日――つまり、父と母に泊りに行けとすすめたその翌朝、智子は十時過ぎに目が覚めた。

堀内こずえと、映画にでも行こうかと話していたことを思い出し、パジャマ姿で部屋を出ると、廊下の電話を取った。

「――もしもし、小西ですけど、こずえさん――。あ、なんだ、こずえか」

と、智子は欠伸《あくび》をした。

「今起きたの？」

と、堀内こずえが訊《き》く。

「どうする、今日？」

「うん、ちょっと買物したいんだ。従兄《いとこ》の誕生日で、何かあげるもん、捜したい。付合う？」

「いいよ」

と、智子は肯《うなず》いて、「じゃ——十二時ぐらい？　お昼食べようか、どこかで」

「十一時半なら出られるでしょ」

「そうだね」

智子はおっとり屋であり、いつでも時間に余裕を見てしまうのである。

「ね、智子さ」

と、こずえの声がちょっと低くなった。「三井さん——良子のこと、何か聞いた？」

「何か、って？」

「何だか、今朝電話があって、うちのお父さん、急いで出て行ったんだよね」

堀内こずえの父親はN女子学園の中学で教えている。

「何か言ってた？」

「何も。でも、何だかえらくむつかしい顔してたから」

「そう……」

また良子が何かやったのだろうか。ゆうべの母親の電話の様子からみて、その可能性が高い。

しかし、今は心配していても何かできるというわけではない。——とりあえず、こずえと待ち合せの場所を決め、智子は、シャワーを浴びることにした。

目が覚めてすっきりすると、コーヒーでも飲もうとバスローブ姿で、階段を下りて行く。

「――何だ。今ごろ起きたのか」

居間から父の顔が覗《のぞ》いて、智子は面食らった。

「お父さん！　パリへ発ったんじゃなかったの？」

「うむ。少し延ばすことにしたんだ」

と、小西は言った。

「あら、智子」

と、紀子が廊下をやって来る。「今日はお出かけ？」

「うん……。ずいぶん早くチェックアウトして来たのね」

「まだ借りてるのよ、今夜も」

と、紀子は愉《たの》しげに言った。「お父さん、四、五日こっちにいるんですって」

父が苦笑いしている。――大方、母がうるさくせがんだのだろう。

母が上機嫌なのは、そのせいか。智子のアイデアは、予想以上の成果を上げたようだ。

「こずえと出かけるの。買物するんだ。少しおこづかい、くれる？」

「いいわよ。お財布から持ってらっしゃい」

母の気前のいいこと！

智子は笑ってダイニングへ入って行った。

「――それで、おごってくれるわけか」

と、こずえが言った。「珍しいと思った」

「何よ」

と、智子は笑った。

おごるといっても、ハンバーガーの店。でも今は、おにぎりだのチャーハンだの、色んなメニューがある。

それでなければ、競争に勝てないのだろう。

もう休みになった学校も多いらしく、同年代の女の子たちも、ずいぶん見かける。

「じゃ、お父さんもお母さんもご機嫌だね」

と、こずえが言った。

「そうね。夫婦なんて、ちょっと二人だけになってる時間がありゃ、ああして、しっくり行くんだね。その時間もとれない人が多いのかな」

「そんなもんよ」

「分ったようなこと言って!」

と、智子は笑った。「もう一杯シェーク、飲もうかな。こずえ、どうする?」

と、智子は言って——こずえがじっとどこかを見つめている。

「見て」

と、こずえが言った。

店の中のTV。——ニュースの画面には制服姿の、見知った顔が……。

「良子だ」

と、智子は言った。

「——良子さんは昨夜七時ごろ、〈P〉を出てから、足どりがつかめておらず、犯人が良子さんをどこかへ呼び出し、殺害した上で林の中へ捨てた、との可能性が高いと警察では見ています……」

アナウンサーの声は、智子の頭の中で、何度も何度もくり返し流れた。

〈P〉を出て……殺害した……林の中へ捨てた……。

とっくに、TVではニュースが終り、CFになって、見たことのある外国の映画スターが、車に乗って走り回っていたが、智子の目には、まだあのアナウンサーの声が響いていた。

「——智子」

と、こずえが言った。

「うん。帰ろうか」

「買物どころじゃない」

「そうだね」

二人は自分たちの盆を返しに行って、店を出ると、地下鉄の駅へと歩いて行った。

ずっと無言で――ホームへ出て、やっと、

「私、行ってみる」

と、智子は言った。

「どこへ？」

「良子のとこ。前はよく遊びに行った」

「でも……とり込んでるよ」

こずえは、智子ほど良子と親しかったわけではない。しかし、智子はゆうべの出来事が、自分と全く無関係とは思えなかったのだ。

「ともかく行ってみる。――確か途中でのり換えられるから」

「分った」

「こずえ、帰って。私、一人で行く」

「その方がいい？」

「うん」

「じゃ、そうするよ」

こずえも、智子が何か特別に理由があって良子の家に行こうとしていることが分ったらしい。

電車が来る。――地下鉄の中は、もちろんやかましくて、あまり話のできる場所ではないが、いずれにしても、二人は黙ったまま口を開かなかった……。


「まあ、智子ちゃん……」

思いがけず、良子の母親が出て来た。

きっと両親は警察に行っているのだろうと思っていたのだ。

「あの……TVで見て」

「ええ……。こんなことになって……」

母親も、ショックでまだ涙も出ないようだった。「あの――ともかく、上って」

「いいんですか」

靴が玄関に何足か並んでいるのを見ても、誰のものか、考えなかった。

居間へ入ると、ずっと前にここへ来たときのことを思い出した。

「――この子が、ゆうべ〈P〉にいたと教えてくれたんです」

と、良子の母親が言った。「智子ちゃん。警察の方なの」

二人の、がっしりした体格の背広姿の男が、値ぶみするように、こっちを見ていた。

智子は、突然悪夢が現実になったような錯覚に陥った。

「少し話を聞かせてくれるかな」

と、頭の薄くなった、年長の方の刑事が言って、智子は、自分でも知らない内に、ソファに座っていた。

名前、住所、良子との係わり。少しずつしゃべって行く内に、智子も落ちついて来た。

この刑事たちは、良子が殺された事件を調べているのだ。自分とは関係ない。そうだ。

――大丈夫。何でもないのだ。

「ゆうべ、良子さんが〈P〉にいると、どうして知ってたんだね?」

と、その刑事が言った。

「あの……本人から聞いたんです。卒業式の後で」

「卒業式の後か。どんな話をしてたんだね?」

智子は、少し深く息をついて、

「大学は別々になるんだね、と話してて……。それで――」

「それで?」

「夕方六時ごろ〈P〉にいるから、良かったらおいで、と言われたんです」

「でも、行かなかった」

「はい」

「どうして?」

「家族で夕食をとることになったからです。もし、良子が待ってると悪いと思って、レストランから電話したんですけど、良子は出た後で……」

「なるほど」

刑事は、智子の食事したレストランの名前と場所を控えた。――別に、それを問い合せるというわけではなく、でたらめでない、という心証さえ得られればいいのだろう。

「――いや、その店にかかった電話が誰からだったのか、問題になっていたんだ。これで分ったよ」

と、肯く。

「あの……犯人の手がかりは?」

と、智子は訊いた。

「男だということ以外はね、まだ……」

「男……」

「乱暴してから絞め殺しているんだ」

智子は、息をのんだ。——良子！　良子！　何てひどいことに……。

「まあ、この良子って子も、高校のころから悪い仲間と付き合い出して、マリファナとかやっていたらしいね。そんな連中と付合ってると、ろくなことはない」

と、その刑事は言った。

その突き放した言い方に、智子は怒りを覚えた。

「良子は、とてもすてきな子だったんです。頭も良くて、優しかったし。——良子に何かあっても、良子だけのせいじゃありません！　そんなはず、ありません……」

智子の目から大粒の涙がこぼれた。

必死で泣くまいとすればするほど、良子のあのやさしい笑顔が浮んで来て、涙が止らなくなるのである。

——しばらく泣いて、やっと涙を抑えると、

「すみません……」

と、ハンカチで目を拭いながら言った。

「いや、君の気持はよく分る」

と、その刑事は言った。「こっちの言い方も悪かった。すまない」

目を上げると、穏やかな眼差しと出会った。

「私は草刈《くさかり》というんだ。君は小西智子君だね」

「はい」

「その他に、何か憶えていることはないかい？」

——ある。確かに、ある。

しかし、それを言ってしまって、どうなるだろう。

この事件とは、何の関係もないことなのだ。

そう。——私が片倉先生を殺したこととは……。

「——何かあるの？」

と、草刈という刑事が訊く。

智子は、ゆっくりと息をついて、

「二週間くらい前になりますけど、うちの大学の先生が、自宅で殺されたんです」

と、言った。

「憶えてるよ。有名な先生だろ。片……」

「片倉先生です。片倉道雄」

「そう。そんな名だった」

「——良子、その先生のことで、何か知っていると言いました」

智子の言葉に、草刈刑事は身をのり出した——。

家に帰ったのは、夕方だった。

玄関を上るなり、姉の聡子が出て来て、

「聞いた？」

と言った。

「行って来た。良子の家」

と、智子は言った。「お母さんたちは？」

「ホテルへ戻った。プールで泳ぐんですって。呑気《のんき》よね」

と、聡子は言った。「——良子ちゃん、昨日会ったばかりだったのに」

「うん……」

「片倉先生、良子ちゃん、と続くなんて、いやね」

「何か関係あるのかも」

聡子がびっくりして、

「どうして？」

居間へ入って、智子は刑事に話したのと同じことをくり返した。

「——凄《すご》い！　それじゃ、良子ちゃん、犯人を知ってたのかも」

と聡子は言って、「ねえ！　昨日、どうして山神先生があそこにいたのか……」

智子は、姉をじっと見て、

ら?」

「山神先生がやったと知ってたせいで、良子ちゃんが口をふさがれたんだとした
「まさか——良子を?」

「お姉さん! そんなの無茶よ」

「昨夜の山神先生のアリバイ。——これ、調べる必要があるわ!」

「待って!」

智子が止める間もない。聡子は、部屋へ駆け上って行ってしまった。

きっと、小野由布子へ電話するのだろう。

もちろん、山神が良子を殺す理由などないわけである。しかし、姉は山神が片倉を殺したと思い込んでいるのだから……。

智子も、気にはなっていた。

あのとき、山神はなぜ卒業式に来ていたのか。そしてなぜ、智子の方を見ていたのか。

——間違いなく、山神は智子を見ていたのだ。

しかし、智子には思い当ることがない。

姉は、山神のアリバイを調べるだろう。

でも……大丈夫。警察だって、何の証拠もなしに、人を捕まえたりしないだろう。

そう、きっと大丈夫……。
智子は、そう自分へ言い聞かせたのだった。

7　立ち聞き

いくら春休みといっても、そうそう毎日寝坊しているわけにはいかない。のんびりと起き出す楽しさも、四、五日たつと、

「どこかへ出かけたい」

という、あり余るエネルギーにとって代られるのである。

——小西智子は、八時過ぎに目が覚めた。

カーテンを開けてみると、春にしては穏やかで風もない、上天気。いつまでも、ベッドの中でぐずぐずしている気にはなれなかった。

堀内こずえにでも電話してみようか、と思ったが、一家で温泉に行くと言っていたことを思い出した。

それならいい。別に、智子は一人で出かけるのが嫌いなわけではなかった。こずえと何から何まで趣味が一致しているわけでもないのだし。

そうか。——絵でも見に行こうかな。

智子は、時間があるとき、美術館へ行って絵を眺めるのが好きだ。姉の聡子には全くそんな趣味がないし、特別、親も絵が好きというわけでもなかったのだが。

もちろん、友人の中でも、同じ趣味の子はいない。――たぶん、小さいころ両親に連れられてヨーロッパへ行ったときに、教会の天井画などに圧倒されたのが、絵画に関する記憶の初めであろう。

ともかく、のんびりと絵を眺めて歩くと、気持が爽《さわ》やかになるのだ。

そう決めると、智子は顔を洗って、出かける仕度をした。

食事はどこか外でしてもいい。

母はどうせまた出かけているのだろう。それとも、まだ父が日本にいるので、家におとなしくしているだろうか。

階段を下りて行くと、居間のドアが少し開いていて、

「――そうか」

と、父の声がした。

来客かと思ったが、そうでないことはすぐ分った。電話で話しているのだ。

「――何とか考える。――ああ、分ってるが、今、ちょっと動けないんだ。何とか頑張っててくれ。――うん、何かあれば、いつでも電話しろ」

父の声は真剣そのものだった。「――ああ、できるだけ早くそっちへ戻る」

どこへかけているんだろう？

仕事の話だろうと察しがついたので、智子は足を止め、居間へ入って行くのを遠慮していた。

父は電話を切った。

「パリへ戻られては」

と、もう一人の声がした。

智子は、ちょっとびっくりした。その声は、やす子だったからである。

やす子さんが、どうして父の仕事の電話を聞いてるんだろう。いや、もちろん、たまたま居合わせただけ、ということも考えられるけど。

「うむ」

と、父が言った。「しかし――このままパリへは発てない」

「どうなさいますか」

「なに、大丈夫だ。パリといっても、電話とファックスがある。東京にいても、大して変らんさ」

小西邦和の言い方には多少無理があった。

「さようでございますか」

と、やす子が言った。「何か朝のお仕度を？」

「うん。またベッドに運んでくれるか。何しろ、紀子がすっかり味をしめて」

と、笑っている。

「かしこまりました」

と、やす子が笑いを含んだ声で言った。

もういいか。智子は、居間へ入って行こうとした。

すると、父が言ったのである。

「なあ、伸代《のぶよ》」

と。

ドアにかけた手を止める間はなかった。

「――智子。早いじゃないか」

ナイトガウンのままの小西邦和は、智子の格好を見て、「出かけるのか」

と、訊《き》いた。

「うん……」

智子は肯《うなず》いた。「絵を見に行こうと思って……」

「いい趣味だな」

と、小西は微笑《ほほえ》んで、「色々、いやなこともあった。行って来い」

「うん」

「何か召し上って行かれますか」

と、やす子が訊いた。

「いいわ」

と、首を振って、「お腹、空いてないし。どこかで適当に食べる」

「気を付けて行って来い。あまり遅くならんようにな」

「はい」

智子は、玄関の方へ行きかけて、「お母さんは、まだ寝てるの？」

「ああ。もう起きるだろう」

「それより――」

と、やす子が出て来て、「聡子さんが珍しく早くお出かけになりました」

「お姉さんが？　もう出かけたの？」

智子は少し目を大げさに見開いて見せ、「雪が降るかもね」

と、言ったのだった。


爽やかな日。

窓を通して見ていた通りの、すてきな日だった。

しかし――智子の胸には、奇妙な一抹《いちまつ》の不安が忍び寄っている。父の電話。そして父の言葉……。

あの、やす子との話の様子では、父はパリへ電話をしていたらしい。

おそらく、パリで大切な仕事が父を待っているのだ。それでいて父は、母と二人でのんびり、ベッドでの朝食と洒落《しゃれ》込んでいる。

あの電話の口調は、かなり切迫したものを感じさせた。父が、そんな大切な仕事を放っておくというのは、考えられないことだ。いつもの父なら、何があろうとパリへ飛ぶだろう。

——智子は、バスに乗った。

平日の昼間。バスはガラ空きで、ゆったり座って、隣にバッグも置ける。

父はなぜこっちに留まっているのだろう？

母がせがんだから、という理由だけではないように、智子には思えた……。

そして——伸代。

伸代《のぶよ》。そう。思い出した、一回だけ、母から聞かされた、「やす子」の本当の名前。岡崎《おかざき》伸代。それが、本当の名前だった。

でも、いつも一緒にいる智子が——姉の聡子だって、母だってきっとそうだ——すっかり忘れていたというのに、父がなぜ、「伸代」という名で呼んだのだろう？

深く考えるほどのことじゃないのかもしれない。父はたまたま、本当の名前の方で憶えていたのかも……。

その判断は、智子にはつかなかった。

大したことじゃないのだ。きっと。きっとそうだ。

一つ一つは小さなことで、たまたま、二つ重なっただけのことだ。

窓の外を、智子は眺めた。ガタガタとバスは揺れて、外の風景は大地震にでも遭《あ》っているようだった。

「そうか」

と、智子は呟《つぶや》いた。

今朝何だか落ちつかないのは、いつもと違うことが、あまりに重なりすぎたせいだろう。――もう一つ、聡子が朝早くから出かけたということを加えて。

どこへ行ったんだろう?

少なくとも、智子の行く美術館でないことだけは、確かだった。

バスは広い通りに出ると、ホッと息をついた、という様子で、ぐっとスピードを上げた。

「どうする?」

と、振り向いて、小野由布子は言った。

聡子は足を止めて、

「どうする、って？」

と、訊き返す。

「帰ってもいいのよ。私一人で行くから」

小野由布子の言い方は、別に聡子を挑発しているわけではなかった。あくまで冷静で、むしろ教師が生徒に訊いているようでさえあった。

「帰らないわよ」

と、聡子は言った。「ちゃんと考えて決めたことよ」

「でも、分ってる？　見付かったら、警察へ突き出されるかもしれないのよ。大学も退学。それでも後悔しないわね」

小野由布子の目を、聡子は真直ぐに見つめて、

「どうなったって、泣きごとなんか言わないわよ」

と、言った。「行きましょう」

「分ったわ。それならいいの」

由布子の口もとに笑みらしいものが浮んだ。

——道は、大分入りくんでいた。

古い住宅が並んだ町並は、何だか昔の日本映画を見ているようだ。

その道を、小野由布子は迷いもせずに右へ左へと歩いて行く。事前に頭へ叩《たた》き込んである様子だった。

聡子は、その後を足早について行った。いや、由布子に遅れまいとするだけで必死だった。

――ピタリ、と由布子が足を止める。

「どうしたの？」

「顔を伏せて」

「え？」

「少し顔を伏せて歩いて」

二人は、うつむき加減に、足どりを緩《ゆる》めて歩き出した。

向うから、一人の女がやって来る。

四十を過ぎた辺りだろうか。一見したところ、五十にも見えるほど、老《ふ》けていた。決して服装などは見すぼらしくないのだが、全身から、「疲れ」がにじんでいる。眉《まゆ》の間にはしわが刻まれ、その表情は、幸福そうではなかった。

聡子は、その女とすれ違ったが、たぶん、女の方は二人のことなど、見てもいなかったに違いない。

「――大丈夫」

と、由布子がフッと息をつく。

「誰なの、今の人?」

「山神先生の奥さん」

気付いても良かったのだ。——聡子は振り向いて、その女の少し背を丸めた後ろ姿を見送った。

「奥さんがいる、なんて、考えたこともなかったわ」

と、聡子は言った。

「いるのよ、一応」

と、由布子は皮肉っぽい口調で、「あんな男にもね」

「でも——大丈夫なの?」

「今日は用事で出かける日なの。毎週ね」

と、由布子はまた足を速めながら、「夕方まで帰らないわ。大丈夫」

「そんなことまで調べたの?」

聡子は、圧倒されていた。

「時間はむだにしない主義」

こともなげに言って、「——あの家だわ」

黒ずんだ、古い日本家屋。

「陰気そうなとこが、山神先生にぴったりよね」

と、由布子が言って、同じことを考えていた聡子はちょっと笑った。

「じゃ、始める？」

と、由布子は言った。

「どこから入るの？　玄関こじ開けたりしてたら、人が通って見られちゃうわよ」

――由布子が、

「山神先生の家に忍び込む」

と言い出したとき、さすがに聡子もびっくりした。

すぐには賛成できなかったのも当然のことだろう。しかし、由布子から、

「絶対の証拠をつかむには必要よ」

と言われ、「私一人でもやるから、いいのよ」

そう言われると、聡子としても後には引けない。片倉を好きだったという点では、死んでしまった今でも、由布子と競っているところがあったからだ。

「やるわよ、一緒に」

と、つい言っていた。

そして――いざ、山神の家の前に来ると、さすがに聡子は後悔している。しかし、そうは言えなかった。

「任せて」

と、由布子が自信たっぷりに言った。「玄関からは入らないわよ、いくら何でも。庭の方へ回るとね、今は使ってない勝手口があるの。釘で打ちつけてあるけど、板がくさってて、ちょっと力を入れれば外れる」

「見られない？」

「うまく、隣の家の木の陰になってるの。ちゃんと見ておいたんだから」

由布子は、「こっちよ」

と、聡子を促した。

「うん……」

いささか重い足どりで、聡子は由布子について山神の家のわきへ回ると、やっと通れるくらいの狭い塀の隙間《すきま》を、すり抜けて行った……。

8　傘

美術館の中は静かだった。

平日の昼間で、客が少ないのも当然かもしれない。特に〈×××展〉といった、会期を限った特別な展示をしているわけではないのだし。

智子はゆっくりと絵から絵へ、間の空間を楽しむように歩いて行った。

絵そのものも好きだが、こういう「空気」が、智子をホッとさせる。――東京で、こういう場所はほとんどない。

多少ゆったりしたスペースはあっても、BGMが絶え間なく流れているし、電車に乗っても、誰かのウォークマンから、ロックのリズムが洩《も》れて来る。

智子とて、音楽は嫌いでない。しかし、時には「何もない」時間がほしいと思うのだ。

――ソファが置いてあった。それに腰をおろすと、少しそのままでいよう、と思った。

美術学校の生徒らしい格好の女の子、定年になって時間をもて余しているらしい老人……。一人一人が、目の前を通りすぎて行く。

絵か……。そう、あの人は絵も趣味の一つだった。

いや、そう言っていただけかもしれない。

ラフマニノフの音楽を、

「女を口説くのに一番いい」

としか思っていなかった男だ。

絵だってそうなのだろう。——裸体画を見ながら、

「この女が俺《おれ》のものだったら」

とでも思っていたのか……。

しょせん、その程度の男だったのだ。

片倉道雄との、あの恐ろしい思い出は今でも智子を身震いさせたが、同時に、どうしてあんな男の所へノコノコと出かけて行ったんだろう、と……。それを考えると、自分自身に腹が立つのだった。

「パリで買った、珍しい写真集があってね」

と、片倉は言ったものだ。「有名な画家のスナップやポートレートを集めたものなんだ。なかなか面白いんだが、何しろ大判の重い本でね。ちょっと学校へ持って来る

ってわけにいかないんだよ。見に来るかい、良かったら？」

あれが、片倉の手だったのだろう。

あの手で他の子も何人か引っかけていたのだろうか。

――片倉と初めて会ったのは、姉と一緒にTV局に行ったときだった。

もちろん、前から片倉の顔は知っていて、TVなどで見ていた。――確かに、なかなかすてきな男性だな、とは思ったが、姉が熱を上げているのを見ると、却って、

「それほどのこともないんじゃない？」

と言ったりしていた。

TV局へ出かけて行ったのは、その日、スタジオに何人かの学生を集めて、〈現代女子大生の心理〉というテーマのパネルディスカッションがあり、片倉がパネラーの一人になっていたからである。

聡子も、その「女子大生」の一人に選ばれていて、すっかり舞い上っていたものだ。

智子はその姉の、いわば「付添い」で、局のスタジオの隅から、チャチなセットでくり広げられる討論――というより、いかに自分をマスコミに売り込むかという、評論家や学者のパフォーマンス合戦を眺めていた。

その中でも、片倉は目立った。外見がハンサムというだけでなく、自分は人気がある、という自信が、余裕を感じさせていたのである。

ライトを浴びている片倉は確かに魅力的で……。智子は、正直、胸ときめくものを覚えるのだった。

軽薄そうだけど、すてき。――正直なところ、そんな印象だった。

収録が終ったあと、片倉は、聡子と智子に軽い食事をごちそうしてくれた。そのとき、智子に絵の趣味があるという話になって――。

そのレストランを出るときだった。

「私、ちょっと化粧室に」

と、聡子がいなくなると、片倉はカードで支払いをして、

「――智子君だっけ」

「はい」

「絵が好きなのか。――そうだ。うちにね、パリで買った、ちょっと面白い写真集があるんだよ……」

そう、片倉は言った。

姉のいないときを見はからって、初めから智子を引っかけるつもりだったのだ。

しかし、智子は頰《ほお》を赤らめて、

「伺ってもいいんですか?」

と、訊《き》いていた。

馬鹿なこと！　――あんな手にコロッと引っかかって。

あのひどい雨の中を、わざわざ出かけて行った。ずいぶん遠かったのに。

写真集は、確かにあったが、そう大したものとも思えなかった。

でも、片倉は分っていた。智子の趣味が、むしろ独身男のマンションを一人で訪ねるという「冒険」の方にあるのだということ。そして、姉に黙ってやって来るに違いないということも。

――君はプレゼントだ。

あの片倉のセリフが思い出されて、智子は思わず目を閉じた。

そこまで！　もう、その先は思い出さなくていい。何もかも、終ってしまったことだ。

警察の捜査は行き詰っている。おそらくあのまま迷宮入りということになるだろう。

だが、その一方で、良子が殺された事件がある。たぶん……何の関係もないだろうが。

ただ良子が、片倉のことを何か知っている様子だったのが気にかかる。

片倉に、「気に入った女子学生に手を出す」以外の秘密が、あったのだろうか？

あったとすれば、それは何だったのか。

――智子は、ソファから立ち上り、絵の続きを眺めて行った。

前にも来たことがあるので、大体どんな絵があるかは分っている。それは、慣れた散歩道を歩くのにも似た安心感を、与えてくれるのだった……。

一時間半ほどいて、智子は外へ出た。出口のすぐわきが、小さなティールームになっていて、ここのケーキは意外といける。

智子は一人で、テラスになった場所のテーブルに座ると、そのケーキと紅茶を頼んだ。

——休み、って感じだ。

こうして、誰にも邪魔されない、何の予定もない時を過すのが、休みというものだろう。

目の前の道も、車は一応通るが、交通量が少ないので、さして気にならない。

そして——ふと、智子は路上に駐車した車に目を止めた。

何をしているのか……。ありふれた中型車に男が一人乗っていて、週刊誌を広げている。智子はほんのチラッとだが、その男が自分の方を見ているような気がしたのである……。

気のせいだろう。——そう。心配することなんか何もない。

「——お待たせしました」

ウエイトレスがケーキと紅茶を置いて行くと、「ごゆっくりどうぞ」

と一言かけてくれる。

この一言が、智子には嬉《うれ》しい。こんな一言でも、つい面倒くさがって、言わない人が多いというのに。

ケーキは、ほんの三口ほどで食べてしまう。紅茶をそのまま、砂糖も入れずに飲み始めたとき、ふっと日がかげった。

見上げると、少し雲が出ている。――さっきはきれいに晴れていたのに。

でも、雨は降らないだろう。用心深い智子は、少しでも危いと思うと、傘を持って歩くタイプだ。

その智子でも、今日のところは――。

傘……。傘が……。

スーッと顔から血の気がひいて行った。

忘れていた！　傘のことを。

あの日は、行くときから、かなり降っていて……。もちろん、傘をさしていた。

その傘を、どこへ置いて来ただろう？　片倉を殺して、マンションを飛び出し、雨の中を突っ走って――。

傘のことなんか、思い出しもしなかったのだ。

どこへ置いただろう？　傘……。どの傘を持って行ったか。

必死に思い出そうとした。――あの黒い傘？　星のちりばめられた。いや、そうじゃない。あれはあの後も使っている。

どうして、考えつかなかったんだろう！

雨の日はあれからも何日かあって――少なかったことは事実だが――どれにしようか、なんて選んでいたのに。

片倉の所へ傘を忘れて来たことは、思い付きもしなかった。

そう……。あのときは、確か――。少し可愛い傘にしようと……。

あれだ。高校一年のとき、父がアメリカで買って来てくれた、赤い傘。そう、確かにあれを持って行った。

そして――どこへ置いたろう？

片倉の部屋まで持って入っただろうか。

智子は必死に思い出そうとした。玄関を入ったとき、片倉が出て来て……。

「ずいぶん降ってるね。濡《ぬ》れてないか？」

と、訊いた。

あのときは――持っていなかった。

下のロビー……。マンションのロビーだ。隅に傘立てがあって、そこへ入れた。きっとそうだ。

——気持を落ちつかせようと、ゆっくり紅茶を飲んだ。

心臓が、びっくりするほどの速さで打っている。

あの赤い傘には、名前が入っている。一時学校へ持って行って、名前がないと、よく他の子が勝手にさして帰ったりするからだ。

もし、あの傘に警察が目をつけていたとしたら、当然今ごろは智子の所へやって来ているだろう。

そうでないということは……。

考えてみれば、ロビーの傘立てにポンと傘が一本入っていたところで、それと殺人事件を結びつける理由はない。誰が入れたか分らないのだし、何日かたって、管理人がしまい込んでしまっているかもしれない。

——どうしよう?

智子は考え込んだ。

傘を受け取りに行く? 却って、事件と関係があると教えるようなものだ。

でも……もしかして、まだそのまま傘立てに入っていたら?

その可能性も充分にある。何といっても、マンションには色んな人間が出入りしているのだから。しばらく入れっ放しになっていたとしても、誰も気にとめないだろう。

智子はそっと、駐車していた車の方へ目をやったが——もう、車は見えなかった。

大丈夫。刑事が監視しているわけじゃなかったのだ。

智子は腕時計を見た。まだお昼だ。充分に時間はある。心配しているよりは……。

智子は立ち上ると、伝票を手に、小さなレジの方へと歩いて行った。


確かに、勝手口は簡単に開いた。

「板も割れてないし、元の通りにしときゃ、入ったことは分らないわよ」

と、由布子が言った。「さ、入って」

狭くて、ろくに手入れもしていない雑草だらけの庭を抜け、二人は古い家の中を覗き込んだ。

「いつまでも外にいるわけにはいかないわ」

と、由布子が言った。「ともかく中へ入らなきゃ」

「でも、鍵、かかってるでしょ」

と、聡子は言った。

由布子の手前、平気なふりはしているが、心臓が飛び出すかと思うほど、高鳴っている。

「古い家ってね、私のとこも前はそうだったから分るんだけど、一つや二つ、どうしてもきちんと閉らない窓とか、あるもんなのよ」

由布子はまるで「その道」のプロみたいな冷静さで、一つ一つの窓を調べて行った。

「——ほら」

ガタッと窓が一つ、簡単に外れた。そっと下へ下ろすと、

「お風呂場だ」

と、中を覗《のぞ》く。「——ここから入ろう。出るのはどうにでもなる」

「うん……」

窓をのり越えると、古びたタイルの上に降りる。湿っぽい匂いがした。

「窓は？」

「大丈夫。見えないわよ、よそからは」

中へ入って、さてどうするのか。聡子には見当もつかなかった。

「山神先生が片倉先生を恨《うら》んでた、って証拠を見付けることね。書斎っていうか、仕事机があるはずだわ」

古い家だけに広い。しかし、二階へ上った二人は、寝室らしい六畳間に、座り机を見付けた。

書きかけの手紙。ボールペン。

「この机だ。——日記帳とかあるといいけどね」

由布子は引出しを開けた。中は雑然としている。

「聡子、その本棚とか、調べてみてよ」

「あ——うん。ここね」

本棚か。こんなもの見たところで……。

適当に、本の奥を覗いてみたりしていると——。箱に入った文学全集の一巻が、いやに軽い。

とり出してみると、箱の中には、ノートとか手紙が束になって入っていた。

「これ、何だろう？」

と、由布子へ声をかける。

立って来て、由布子は一目見ると、

「いわくありげ。持って行こう」

と中身をスッポリ抜いて、ポケットからとり出した布の袋へ入れる。

「いいの？」

「どうせ家宅侵入よ、同じこと」

と、由布子は肩をすくめて、「こっちも、役に立ちそうな物、見付けたわよ」

「何？」

「写真」

「写真？」

「机の引出しの下に敷いたビニールシートをめくったら、下に封筒が入ってた」

由布子が、その封筒の中身を出す。

写真だ。——山神のではない。

「片倉先生……」

そう。片倉の写真だった。

「隠しどりしてるね」

と、由布子は言った。「車から出たところか乗るところか……」

もう一枚の写真を見て、二人は一瞬、言葉を失った。

前の写真の続きである。車から出た片倉、そして続いて降りて来た女……。

「——片倉先生と？」

「らしいわね」

由布子の声には、やや動揺が見えた。

それは片倉と、さっき二人がすれ違った山神の妻の写真だったのである。

そのとき、階下で、ガチャッと玄関の鍵の開く音がした。

9　再び、現場に

聡子も由布子も、「空巣」としては初心者だと思い知らされることになった。

誰か来た！　――そう分っていても、二人ともその場から動けなかったのである。

トントントンと階段を上って来る足音。

そして、

「いやだわ……。本当にもう……」

と呟《つぶや》く声が、二人のいる部屋の前を通って行った。

山神の奥さんだ。何か忘れものをして、戻って来たのだろう。

隣の部屋へ入ったらしい。ガチャガチャとどこかをかき回している音がして……。

「――良かった！」

と、独り言を言うのが聞こえた。

また急ぎ足で、二人のいる部屋の前を通りながら、

「遅れちゃうわ……」

と、ブツブツ言っている。

トントンと階段を下り、玄関から出て行った……。

聡子と由布子は、体中で息をついた。汗をかいている。

「――びっくりした」

と、聡子が首を振って、「心臓止るかと思った!」

「こっちもよ」

と、由布子も苦笑する。「さ、もう少し捜《さが》そう」

「まだ?　もういいじゃないの」

「どうせ入ったのよ。もう、いくら何でも戻って来やしないわ」

「だけど……。いいわ。でも、どこを捜すの?」

由布子は少し考えて、

「今、奥さんは隣の部屋へ入ったわね。そこを捜してみましょ」

「奥さんの所?」

「片倉先生と何かあったとすれば、そっちにも証拠が残ってるかもしれない」

二人は、山神の部屋が一応元通りに見えるのを確かめてから、隣に行ってみた。

「夫婦で寝室も別か」

と、由布子は言った。

「でも——ショックだ。片倉先生と、あの奥さん？」

「どういう仲かはともかく」

と、由布子は戸棚を開けて、「山神先生は二人の間を疑ってた。だからあんな写真があるんでしょ」

「それって……動機になるわね」

「立派な動機よ」

と、由布子は肯《うなず》いて、「自分の奥さんをとられたんだから。教授のポストだけじゃなくてね」

「こっちはタンス。下着とブラウス……。セーター……」

「何かある？」

「何も。そっちは？」

「細かい物ばっかりね」

結局、山神の奥さんの部屋からは大したものも出ず——もちろん隠したいものが、そう簡単に見付かったら、苦労しないが——二人は引き上げることにした。

風呂場の窓から外へ出て、窓を元の通りにはめ、庭の勝手口から出る。

——表の道へ出て歩き出したとき、二人はホッと息をついて、顔を見合せた。

「くたびれた」

と、由布子が言った。

「何よ。由布子は平気なんだとばっかり思ってた」

「まさか！　こんなことするの初めてよ」

「そりゃそうだろうけど……」

と、聡子は言った。「私、怖くて逃げ出したかった」

「私だって」

と、由布子が言った。「聡子がやめようって言ったら、やめるつもりだったのに」

聡子が啞然《あぜん》として、

「そんな……。そっちでしょ、やろうって言い出したのは！」

――二人は顔を見合せ、それから笑い出してしまった。

聡子は、初めて小野由布子に「友情」を覚えたのだった……。


智子は、雨の降っていない、あの道を歩いていた。

片倉のマンションって、こんなに遠かったっけ？

あの日の記憶は、何もかもが気まぐれに形を変え、時間は伸び縮みしているような気がした。

やっと、そのマンションが見えたときも、それが砂漠の中の蜃気楼《しんきろう》で、いつまでたっても着かないかもしれないという気がした……。

でも——今、やっと辿《たど》り着いた。

ここだ。

でも、記憶の中にあるマンションに比べると、そこはいやに小さくて、古ぼけたものに感じられる。

智子は、ロビーへ入ろうとして、ふと〈管理人室〉の方へ目をやった。——一応、窓口はあるのだが、いつも人がいるのではなく、〈用のある人はボタンを押して下さい〉という札があるだけ。そして、肝心のボタンがどこにあるかよく分らないのである。

傘立て。——それは前と同様、入ったすぐわきの隅っこに置かれていた。

しかし、そこには安物の、透明なビニールの傘が一本入れてあるだけだった。

やっぱりね……。智子は肩をすくめた。

もうこんなに時間がたっているのだ。きっと誰かが持って行ってしまったのだろう。

それならそれで構わないのだが。

智子は、帰ろうとした。

小学生らしい女の子がタッタッと駆けて来ると、赤い傘を振り回しながら、ロビーへ入って来る。

赤い傘？　——智子は振り向いて、その子の持った傘へ目をやった。

「ねえ」

と、智子は声をかけていた。

女の子はピタッと足を止めると、智子のことを、「怪《あや》しい人」とでも言いたげな目つきで見た。

「今日は」

と、智子は笑顔を作って言った。「ね、その傘、ちょっと見せてくれない？」

女の子は、後ろに傘を隠した。

「とらないわよ」

と、智子が笑って、「ただね、お姉ちゃん、それとよく似た傘をここへ忘れてったんじゃないかと思ったの。だから——」

「私のよ」

と、じっと智子をにらむ。

たぶん、小学生の二、三年生か。

「そう。見せてくれるだけでいいの。もし、お姉ちゃんのなら名前が書いてあるからさ。あげてもいいのよ。でも——」

「私の！」

女の子の言い方は、敵意さえ感じさせた。智子は迷った。

おそらく、間違いなくあの傘だろう。

しかし――この子が自分のものにしてしまったのなら、それはそれでいい。ただ、本当に自分のものかどうか、確かめたかっただけなのである。

「じゃ、いいの。ごめんね」

無理を言って、泣き出されでもすると面倒だ。智子は諦《あきら》めることにした。

そこへ、

「どうしたんだ?」

と、声がして、白髪の老人がスーパーの紙袋をかかえて、入って来た。「ルミ。何してるんだ」

智子は、ちょっとためらって、

「あの――お孫さんですか」

と、言った。

「ええ。この子が何か?」

と、その老人は言って、紙袋を窓口の前に置いた。「私は管理人ですがね」

「あ、ここの……。そうですか。別に何でもないんです」

と、智子が言うと、ルミという子が、

「私の傘、見せろって言ったの！」

と、甲高い声を上げた。「これ、ルミのだもん！」

「傘？」

老人は、ちょっと目を見開いて、「ああ。もしかして、あんたのですか。いや、この傘立てにずっと置きっ放しになってたんでね。もう誰も取りに来んだろうと思って……」

「忘れてたんです。あの——もういいんです。すみません」

智子は早口に言った。

「ええと……確か、小西——何とか、と名前が入ってましたな。じゃ、ちゃんと返さにゃいかん」

「いいえ、いいんです」

智子は早くこの場から離れたかった。「どうせ、もう使わないんで。もう大学生ですから、可愛すぎて」

「そうですか？　しかし——」

「本当に……。ルミちゃんね。大事に使ってね」

と、身をかがめるようにして話しかけると、女の子は、やっと警戒心を少しといた様子で、コックリ肯いた。

「じゃあ……。ルミちゃんのお名前、かいとくといいわね。お姉ちゃんの名前は、きれでこすると消えるから。ね？　そうしましょうね」

「うん」

「いや、申しわけないですな」

と、老人が言った。

「いいえ。使ってもらえれば、その方が――。ちょっと近くへ来たもんですから、寄ってみたんですの」

「そうですか。いや、申しわけないことで」

と、管理人はくり返した。

「いいえ。どうも失礼しました」

ロビーから出ようとした智子は、入ろうとする男性と危うくぶつかりそうになった。

「おっと！」

「ごめんなさい」

と言って、歩き出そうとする。

「あ、ちょっと」

「え？」

振り向いて、智子は、見たことのある顔に出会った。

「ああ、確か君は――三井良子の家で会った子じゃないか」

頭の薄くなったその男は、草刈刑事だった……。

「――どうも」

と、智子はこわばった顔で、何とか笑顔を作った。

「小西……」

「智子です」

「そうそう。小西智子君だ。意外だね、こんな所で」

智子はチラッとロビーへ目をやった。あの老人がドアを開けて、傘を持った孫を、中へ入れるところだ。

この刑事は、今の話を聞いていたのだろうか。

「ここに何の用事で?」

と、草刈刑事は言った。

「用ってわけじゃ……」

と、智子は言った。「ただ、暇だったんで、来てみたんです。姉から場所を聞いてたから」

「例の片倉って先生の部屋へ?」

「ええ。あの……殺人事件があった所って、どんなかな、と思って……。春休みで、することがなかったし」

「そうか」

草刈刑事は、別に疑っている様子は見せなかったが、智子の説明は自分で考えても、相当に無茶だ。

「この事件も調べてるんですか」

と、智子は訊《き》いた。

「三井良子殺しの方も、なかなか動機が出ないんでね。一つ。こっちとの関連から見直してみようと思ったんだよ」

と、草刈は言った。「君――一緒に部屋へ入ってみるかい？」

とんでもない！　あんな所、二度とごめんだ！

智子は、少し間を置いて、

「いいんですか？」

と、訊いていた。

「よくＴＶなんかで見るだろう？」

と、草刈は言った。「そこに死体があったんだ」

白い線で描かれた、妙に丸っこい人間の形……。そう。確かに、片倉はそこで倒れなかった。

ていたのだ。

下のカーペットを黒く汚しているのは血だ。——しかし、今はもう全く血には見えなかった。

意外なほど智子は落ちついて、「殺人現場」を見回していた。

「君の姉さんは片倉先生のファンだったのかね」

と、草刈が訊いた。

「え？　——あ、そうですね。大勢いましたけど、ファンは」

「そうだろうな。なかなかの二枚目だった」

と、草刈は肯く。「その二枚目が頭を殴られて死んだ。——どうしてだろう？」

「さあ……」

「凶器は、もうここにはないが、重い青銅の像。それが後頭部を直撃した。それでも絶命しなかったので、犯人は、大理石の灰皿で殴りつけた」

「そうですか……」

「像は相当な重さだ。大の男がやっと、というところだろうな。物盗りの犯行じゃない。室内は荒らされていなかった」

草刈はゆっくりと居間を歩き回って、ソファに腰をおろした。初めに、片倉が智子を押し倒したソファである。

「すると、恨《うら》みということになる。どうやら、女性関係では、色々あったらしいね」

「さあ……。私、よく知りません」

「そうか。君はまだ今度一年生になるんだ」

と、草刈は肯いた。

「でも――」

何か言わなくては、という気がして、智子は言った。「凶器がここにあったものだってていうことは、突発的な犯行だった、ってことですね」

草刈は愉快そうに、

「おやおや、よく分るね。――まあ、その可能性はある。しかし犯人は、たとえカッとなってやったにしても、その後、ちゃんと凶器の指紋をふきとっている」

智子は、少しの間、草刈の言葉の意味が分らなかった。

「――何ですって？」

「指紋さ。青銅の像、大理石の灰皿。どっちも、ちゃんと指紋を拭いてある」

あの像に指紋がないのは当然だ。智子は触ってもいないのだから。

しかし、灰皿は……。あの大理石の灰皿はしっかりつかんで立っていたのだ。

あれに指紋が残っていないはずはない。

「――もう一つ、妙なことがある」

と、草刈が言った。

「何ですか」

「片倉は確かに人気のある先生で、TVにも出ていたし、本も出している。しかし、それにしても、彼の預金通帳は、あまりに残高が多すぎるんだ」

「どういうことですか?」

「何か、かなり儲《もう》かることをやっていたんじゃないかと思える。——君、何か聞いたことはない?」

智子は、首を振った。

「そうか。じゃ、行くか。長居したくなる所じゃない」

「そうですね」

と、智子は言った。

——指紋が消されていた。

それは一体どういうことなのだろう?

智子は、混乱していた。——終ったと思っていたことが、また始まろうとしている。

そんな予感が、智子を怯《おび》えさせた。

10　協力者

妙な気分だった。

智子は今、自分がまるでTVの刑事ものとか、ミステリーの中の登場人物みたいに、刑事と二人でお茶を飲んでいるというのが信じられなかった。

もっとも、草刈刑事の飲んでいるのはコーヒー、智子の飲んでいるのは、ストロベリーセーキである。

「何か分ったんですか」

と、智子は言った。「良子を殺した犯人のこと」

「いや、どうもね……。行き詰ってる」

と、草刈は言った。「三井良子を店から呼び出したのが誰なのか。目撃者がいないので、見当がつかない」

「良子、あんまり仲のいい子がいなかったから……」

と、智子は言った。

「うん。孤独な子だったようだね」

と、草刈は言った。「彼女の父親と母親も知ってる？」

「もちろんです。長い付き合いですから」

「そうか」

草刈は肯《うなず》いて、少しコーヒーを飲むのに時間をかけると、「父親が一時、女を作っていたんだ。それもあって、良子って子は、反抗したんだろうね」

智子は、少し時間を置いて、

「――そうですか」

と、言った。

草刈は、その微妙なニュアンスを聞き逃さなかった。

「何だね？　納得できないって口ぶりじゃないか」

「いえ……。そういうわけじゃ――」

「思ったことを、どんどん言ってくれ。その方が、こっちもやりやすい」

――明るい光が射していたのが、ふっとかげった。喫茶店の中も少し薄暗くなる。

「別に、どうってことじゃないんですけど……。良子、小さいころから結構大人で――。何というか、はっきりしてました。ちゃんと恋愛のこととか知ってて……セックスのこととか。何だか妙だな、と思うのは……」

と、少し言い淀《よど》んで、「お父さんに愛人がいたら、確かにショックでしょうけど、でも良子、それだけでやけになるような子じゃないと思うんです」

　つい、「現在形」で話してしまう。もう、良子は生きていないのに。

「なるほど」

　草刈は真剣な表情で肯く。

「すみません。生意気なこと言って」

「いや、そんなことはない。我々は、殺された三井良子しか見ていない。だから、ごく一般的な十八歳の女の子という基準でものを見てしまう。――君のように、昔からあの子を知っていたという子の話は大いに参考になるよ」

　草刈の言葉に、智子は少し照れた。

「すると、三井良子が非行に走るには、もっと大きなショックがあったと仮定してみよう」

　と、草刈は言った。「たとえば、どんなものが考えられるかな」

「さあ……」

　正直、見当もつかない。

　草刈は、少し考えてから、

「どうかね。――父親に女がいると知る。君なら、どう思う?」

「不潔だと思います」

「そうだろうね。それから？」

「母に同情するでしょう」

「そう。たぶん、三井良子もそうだったろうね」

「ええ、たぶん……」

「もし——同情を寄せていた母親にも、男がいたとしたら？」

智子は絶句した。考えてもみないことだったのだ。

女だよ。——片倉の死について、一言、言ってのけた良子。

それは……。もしかしたら、片倉と自分の母親の間に、何かあった、と知っていたからだろうか？

でも、そんなことが……。

智子には、分らなかった。

智子の沈黙を、草刈がどう受け取ったのか——。ともかく、草刈の言葉も推測にすぎないわけで、智子は、「片倉と良子の母」という組合せを、あくまで自分の想像の中へしまい込んでおいた。

「——片倉先生の方の犯人の見当は？」

と、智子は訊《き》いた。

　そして、訊いてから、自分でゾッとした。何て馬鹿なことを！

　大体、用もないのに、殺人のあったマンションへやって来たこと自体、おかしいと思われてもしようがない。それを、またしつこく訊いてみたりするなんて。

　智子は、「危険にわざと近付いてみるスリル」のようなものを感じている自分に、愕然《がくぜん》とした。

　本なんかで、よくそんな犯罪者の心理を読むことはある。でも、自分がそんなことをするとは、考えてもみなかったのだ。

　でも、口から出てしまったものは、今さら取り消すわけにいかない。

「どうしてそう興味があるのかな」

　と、草刈が愉快そうに訊いた。

　この刑事は、知っているのかもしれない。私が犯人だということを。その上で、からかっているのか……。

　でも証拠はないはずだ。――そう。指紋も拭き取ってあったのなら、何の証拠も残っていないはずだ……。

「実は――」

　と、智子は少し恥ずかしそうに目を伏せて言った。

　そう。実は――私が殺したんです。そう言ったら面白いだろう。さぞ、胸がすっきりするだろう。

「私、『隠れファン』だったんです」

と、智子は言った。

「片倉先生の？」

「ええ。姉と一緒に一度TV局へ行って、先生がTVに出てるとこ、見てて……。すてきな人だなあって」

「なるほど」

と、草刈は肯いた。「じゃ、あのマンションに行ったのも、それで？」

「ええ。――一度、足を踏み入れてみたくって。変ですね、タレントでもないのに」

「いや、若いころって、そんなものさ」

草刈は、智子の「告白」を大して重要に受け取ってはいない様子だった。

「さて、行くかな。――ああ、いいよ。これくらいは僕がおごる」

「いいんですか」

と、智子は言って、「ごちそうさま」

と、頭を下げた。

「駅まで行く？　じゃ、一緒に歩いて行こう」

草刈は、とても刑事とは思えないような、親しげな口をきいた……。

「——お帰り」

家へ帰ると、姉の聡子が、居間で寛《くつろ》いでいた。

寛いでいた、というよりだらしなく寝そべっていた、という方が正確かもしれない。

「何してるの？」

と、智子は言ったが、返事を期待したわけではない。

見れば分るのだから。

「お母さんは？」

「出かけた」

と、聡子が言った。「お父さんとね。——あんた、どこ行ってたの」

「展覧会よ」

「へえ。好きだね」

聡子は、週刊誌を広げている。

「お姉さんは？」

「私？　私は——ちょっと空巣をやってたの」

「空巣？」

もちろん信じちゃいない。

智子は空いたソファに身を沈めると、

「ねえ」

「うん？」

「どうなってるの、例のこと」

「例のことって？」

「片倉先生の事件。何とか言ってたじゃないの」

聡子はチラッと妹の方を見て、

「あんたは気にしなくていいのよ」

「そう」

智子は肩をすくめて、「余計なことしない方がいいよ」

「ご忠告、ありがとう」

姉妹の会話は、かみ合わない。

どっちも、話せるものなら話したいことがある。しかし、互いに決して口にはできないのである。

「――あら、お帰りですか」

と、やす子が顔を出して、智子はちょっとびっくりした。

何となく、両親だけでなく、やす子もいないような気がしていたからである。

「夕ご飯、どうなさいます？」

「お母さんたちは？」

「お二人で召し上って来られるとか」

「どうしちゃったの、あの二人？」

と、聡子が起き上って、「急に新婚夫婦みたいにベタベタして」

「仲がおよろしいのは、結構なことでございましょ」

と、やす子が言った。「じゃ、何かお二人にはお作りしますわ」

「そうね、飢え死にしないように」

と、聡子が言って、週刊誌の方へ戻る。

「やす子さん」

と、智子は言った。「お父さん、どうしてずっとこっちにいるの？」

行きかけたやす子が足を止めて、

「だって、ここがお宅ですもの」

「そりゃそうだけど……。あんなに、すぐパリへ戻るって言ってたのに」

やす子は、智子の問いに少し動揺を見せて、

「さあ、それは……。お父様に直接お訊きになって下さい」

と言って、「じゃ、すぐ仕度しますから」

と台所の方へ行ってしまう。

「――智子」

と、聡子が言った。「何でそんなこと訊いたの？」

「別に……」

でも、何かある。――きっと、何か日本を離れたくないわけが、父にはあるのだ。

「着がえて来る」

と、智子は居間を出た。

二階へ上って、自分の部屋へ入ると、智子はホッと息をついた。

あの刑事――草刈の言葉が、耳に残っていた。駅まで一緒に歩いて、草刈はまるでどこかの気のいい「おじさん」という様子で、自分の家族のことや、いかに刑事の給料が安いか、などを嘆いて見せていたのだが、駅で別れるときになって、

「君はとても利口な子らしいね」

と言い出した。

「え？」

「何か、片倉先生のこと、それとも三井良子のことで、耳に入ることがあったら、いつでもいい。すぐ教えてくれるかい？」

と、メモを渡して、「これが僕の電話番号だ」

しっかり、智子の手に握らせると、

「じゃあ、また」

もちろん、何気なく言ったのだろう。しかし智子には、草刈が「必ずまた会うことになる」と知っているような――そう匂わせたように聞こえたのである。

草刈のメモを、机の上に置く。その紙は、バッグの中でクシャクシャになっていたが、辛《かろ》うじて破れてはいなかった。

服を脱いでいると、ドアが開いて、

「あら、失礼」

と、聡子が顔を出し、「あんたにＦＡＸが来てる」

「え？」

この家には、父の仕事上の必要もあって、ＦＡＸの専用電話があり、父がいない間は、専ら姉妹が友だちとの約束や、テストの資料のやりとりなどに使っている。今は、ＦＡＸを入れている家が少なくないのだ。

「誰からか書いてない。――ほら、これ」

聡子が、その紙をベッドの上へフワッと投げて、出て行く。

智子は下着姿で、それを取り上げると――凍《こお》りつくように立ち尽くした。

〈小西智子様〉と、文字の特徴が分らないように、活字のように書かれた文字。
そして文面は――いや、ただの一語。
〈赤い傘〉とあるだけだった。

11　オートバイ

と、智子はダイニングに入って、言った。

「おはよう」

と、母の紀子が笑う。「ゆうべ、夜ふかししてたの？」

「もうお昼よ」

母はよく笑うようになった。智子はそう思った。

父がいないときは、何でもないことで、すぐに不機嫌になったものだけれど。

父が家にいるというのは、そんなに嬉《うれ》しいことなのだろうか？　いや、もちろん夫婦なのだし、それは結構なことだが――。

「お父さんは？　パリに発ったの？」

わざと訊《き》いてみる。

「いいえ。ちょっと会社へ行くって。お仕事よ」

「ふーん。ずいぶん日本にいるね、珍しく」

「我が家は居心地がいいって」

と、ぬけぬけと言ってくれる母に、智子は苦笑い。

「何か食べさせて」

と、智子は欠伸《あくび》してから言った。

「ちゃんとパジャマを脱いでらっしゃい。それから今日、やす子さんはお休みだから、どこかに食事に出ましょう」

「そう……」

別に反対する理由もない。——二階へ行きかけて、

「お姉さんは?」

「お出かけ。小野さんの所ですって」

小野由布子の所か。「山神完一を有罪にする会」の打ち合せかな。

——二階へ上って、洗面所で顔を洗う。

ゆうべ、なかなか寝つけなかったのは、仕方のないことだろう。

あのFAX。〈赤い傘〉。——一体誰が送って来たのか。

送ったのは、どこかのFAXを備えたコンビニエンスストアからだ。誰が頼んだかは知りようもない。

赤い傘。——あのことを知っているのは、自分と、あのマンションの管理人……。

しかし、どうしてうちのＦＡＸの番号を知っているのだろう？

そして、誰が送って来たにしろ、その人間は、智子が赤い傘を忘れて来たことを知っている。つまり、智子が、片倉を殺した犯人だと知っているのだ。

ゆっくりとタオルで顔を拭く。

でも、なぜ、今になってあんなことをするのだろう？　もう、何もかも忘れてしまいそうになった、今になって。

服を着て下りて行くと、居間の電話が鳴った。

「——はい」

と、智子が出ると、向うは黙っている。「もしもし？」

電話は切れてしまった。

「何よ、失礼ね！」

頭に来て、ブツクサ言いつつ、ダイニングへ。

「誰から？」

と、母の紀子が訊く。

「間違いか、いたずら。切れちゃった」

「そう」

「コーンフレーク？」

「いけない？　今、何もないの」

「いいけど……。夕ご飯は早くしてね」

と、智子は言って、ミルクをたっぷりとコーンフレークにかけた。

「あ、今度はお父さんね、きっと」

と、紀子が、鳴り出した電話へ、いそいそと駆けて行く。「――もしもし。――あ、私。ええ、そうね……」

何とまあ声の弾んでいること！

智子は首を振って、コーンフレークを大きなスプーンですくうと、口に運んだ。


ブルル……。

エンジンの音が追いかけて来て、智子を一台のオートバイが追い越したと思うと、目の前を遮《さえぎ》るようにして停った。

「何？」

智子は、近くのスーパーへ買物に行くところだった。

「小西智子って、君だろ」

見かけは不良っぽいが、声は意外にやさしい、革ジャンパーの若者。

「私だけど――」

「話があるんだ」

と、その若者は言った。「乗らないか、後ろに」

目に荒っぽさはない。どっちかというと、哀《かな》しげな目だった。

「あなたは……」

「内田《うちだ》っていうんだ。良子から聞いたことない?」

「良子から?　三井良子のこと?」

「うん。――付合ってた。もうこの二年くらい」

若者は、たぶん良子や智子と同じくらいの年齢に見えた。

「良子からは、聞いたことないわ」

と、智子は言った。「あんまり会ってなかったし」

「そうか。――でも本当だ。内田三男《みつお》っていうんだ。『三男坊』だから『三男』さ。単純だろ」

と、苦笑した。「時間はとらせないよ」

嘘《うそ》をついている目ではない、と智子は思った。

「分ったわ」

ちょうどジーパンをはいている。オートバイの後ろにまたがり、内田三男の背中に抱きつくようにして腕を回した。

「しっかりつかまって」

と言うなり、オートバイは飛び出した。

こんな風にオートバイに乗るのは初めての経験だ。耳もとを走る風の音に、智子は思わず目をつぶった。

——実際はそうスピードが出ていたわけでもないのだろうが、右へ左へ、カーブする度に体が傾くスリルは、智子にとっては新鮮だった。

オートバイは、小さな公園の中へ乗り入れて停った。

「降りて。大丈夫?」

智子は、ちょっとむきになって、

「平気よ、これくらい」

と言った。

「わきへ寄せるから」

と、オートバイを公園の隅へ押して行く。

戻って来ると、

「よく、子供が自転車でのり回すんだ、この公園の中。あのでかいバイクじゃ、邪魔になる」

内田三男は、今はほとんど人影のない公園の奥へ入ると、ベンチに腰をおろした。

「――良子の葬式は、遠くで見てた」

と、三男は言った。

「そうだったの。ちゃんと来れば良かったのに」

「歓迎されないさ。それに黒のスーツとかネクタイなんて持ってないし」

「良子と――恋人同士だったの？」

智子に訊かれて、三男は少し迷い、

「恋人っていっても、どこかに泊りに行くってことはなかった。俺はともかく、良子の方が『けじめがつかなくなるから、だめ』って言って」

「そう……」

少しの間、二人は黙っていた。

「――可哀そうだった、良子」

と、智子は言った。

「うん……。犯人、見付かってないんだろ？　何やってるんだ、警察は。俺なんか、バイクに乗ってるだけで、年中止められるんだぜ。あんなヒマがあったら、良子殺した奴、捜せってんだ」

腹立たしげに言って、三男は足を組んだ。

「――いいかい？」

と、タバコをくわえる。

「ええ」

智子は肯《うなず》いて、「でも——私に何の用?」

「君が、良子に最後に会ったんだろ。話を聞きたくて」

「最後っていっても……。卒業式でよ。その後のことは——」

「親とか、その他の連中は別。当ってみたんだ、色々。結局、友だちの中じゃ、君が一番最後に良子と会ってる」

「そう」

「どんなこと話したか、教えてくれないか」

三男の問いは真剣だった。

「ええ、いいわ。役に立つとは思えないけど……」

と、智子は言って、一息ついてから、話し始めた。

——智子は何となくホッとしている。内田三男が、いかにも良子の選びそうな、自由で、それでいて、きちんと責任感のある若者らしかったからだ。

良子は、変っていなかったのだ。変ったのは見た目だけで、中身は昔のままの良子だった。

それが確かめられたような気がして、智子は嬉しかったのである……。

聡子は、待ち合せの時間を三十分も過ぎて、まだ小野由布子がやって来ないので、不安になりつつあった。

二人が——というより、N女子大の子がよく集まるパーラー。

今は春休みなので、店も暇《ひま》そうである。

実際、大学が夏休みに入ると、この店は一か月近く閉めてしまう。

「おかしい……」

由布子に何かあったのだろうか？

何といっても、これは殺人事件なのだ。

もし、本当に山神が犯人で、そして、昨日由布子たちが家に忍び込んだことを知っていたとしたら……。

そう考えると、気が気でない。

聡子は、由布子の家へ電話してみようかと席を立ちかけた。

「いらっしゃいませ」

そのとき、当の由布子が店に入って来るのが見えた。

「由布子！　どうしたのよ、心配したじゃない」

と、座り直して文句を言う。

「ごめん！」

と、小野由布子は笑って、「心配なんて！　そんなことあるわけないじゃないの」

「だって……」

「心配性なんだから」

と、由布子は言って、「――私、コーヒーね」

「何してたの？」

「苦労したのよ。いい出来のものを作ろうと思ってさ」

と、由布子はバッグから、大きめの封筒をとり出した。「見て。――ビニールのファイルに入ってる。触らないでね、中身には」

聡子は、それを取り出して、びっくりした。

よくＴＶなどで見る、新聞や雑誌の文字を切り貼りした手紙である。

「どう？　新聞も雑誌も、絶対に分らないように、大部数の出てるのを選んだわ」

由布子のこりように、聡子は呆《あき》れるばかりである。

〈片倉教授殺しは、山神完一助教授のやったことです〉

文面はこれだけ。

「簡単だと思ったわよ、これくらい。ところが、捜してみると、必要な文字がないの。ねえ、それだけ見付けて貼りつけるのに、ゆうべ一晩かかったのよ」

「ご苦労さま」

と、聡子は笑って言った。

コーヒーが来たので、急いでその手紙のファイルを封筒へ戻す。

「――その手紙に、片倉先生と山神先生の奥さんの写真を入れて送るの」

「本気にするかしら?」

「大丈夫。手紙なんかいくらでも、いたずらで作れるけど、写真は間違いなく本物よ」

「そうね……」

これを警察へ送る。――そして、どうなるだろう?

聡子は、由布子への対抗意識もあって、ここまで来てしまったが、何といっても、一抹の不安はある。

「ね、由布子。――もし、これで本当に山神先生が犯人ならいいけど……。もし、そうじゃなかったら?」

「調べりゃ分るわよ、そんなこと」

と、由布子はアッサリしたもので、「私だって、百パーセント、そうだと言ってるわけじゃない。でも、手がかりだけでも与えなきゃ、調べもしないでしょ? もし、犯人でなきゃ、それはそれでいいじゃない」

由布子の言い方は、いかにも自信に満ちている。聞いていて、聡子も何となく安心してしまうのだった。

「そうね。――じゃ、いつ出すの?」

「そりゃ、せっかく作ったんだもの。すぐに、よ」

と、由布子は言った。


「――たいして役には立てないわね」

と、智子は言った。

「いや、そんなこと……」

と、内田三男は首を振った。「君が犯人を知ってるなんて思わないさ」

公園の中は静かだった。

「ねえ……。良子の言ってた、片倉先生のこと。何のことか、分る?」

と、智子が訊くと、三男は少し厳しい顔になった。

「まあ……。君は何も知らない方がいい」

「どういうこと?」

「いや、何でもない」

と、三男は首を振った。

「そんな……。私にだけしゃべらせて、ひどいわ」

と、智子は本気で腹を立てた。

「怖いなあ」

と、三男は苦笑して、「良子は、君のこと、凄《すご》くやさしい子だと言ってたよ」

——やさしい。そう、やさしいわよ。人を殺して、平気でいられるくらいね。

「それとこれとは別でしょ」

三男は、穏やかな視線で智子を見ていたが、

「その内、また話す機会があると思うから」

と言って、立ち上った。

「でも——」

「さあ、送るよ。こんな所まで連れて来たからね」

残念ながら、今は何も話してくれそうにない、と智子にも分った。

「じゃ、私、スーパーへ行くところだったの。そこまで送って」

「いいとも。後ろに乗って」

——また、風を切って、オートバイが走り出す。

しっかりと内田三男の背中に耳を押し当てながら、二度目の余裕で、智子はその感覚を楽しんでいた。

ゆうべの、あの奇妙なＦＡＸのことも、忘れてしまいそうだった。
そしてまたいつか、それも近い内に、この若者に会いそうな、そんな気がする……。

12 約束

ギターの爪弾き。少しかすれた、でも明らかに日本人の声とは違う、どこか「脂っこい」テノールの響き。

イタリアレストランの中は、いかにもはなやいだにぎわいを見せていた。

「——おいしい」

と、智子はスパゲッティをきれいに平らげて言った。

「呆《あき》れた」

と、聡子が言った。「食い気専門？　ちっとも色気なんかありゃしない」

「悪かったわね」

と、やり合っていると、

「やめなさい」

と、母の紀子が苦笑いした。「こんなお店で、みっともない」

「まあいいさ。気楽な店だ」

では、オーバーにセレナーデを歌って、拍手を浴びている。
中を流して歩く歌い手は、イタリア人らしい陽気さで、アベックのテーブルのそば
一家四人。——今、評判の新しいイタリアンの店へやって来ての夕食。
小西邦和にとっては、こういう店で食事をする方が、むしろ日常なのである。
と、父が笑った。

ではない。


「こんな店でデートできるボーイフレンドを捜そう」

と、智子は言った。

「やれやれ」

と、小西が言った。「智子も大学生か。男にもってかれるんだな、その内」

「いつまでもいられちゃ困るでしょ」

と、紀子が笑う。

ワインを飲んで、紀子も大分赤くなっていた。

本当にお母さんたら、何だか若返った、と智子は思った。

「——お父さん」

と、聡子が言った。「今度、お父さんがパリにいる間に、行ってもいいでしょ、私」

「ああ、構わん」

と、小西はワイングラスを空にして、「ちょうど良かった。その話もしようと思っ

ていたんだ」

「パリのこと？」

と、紀子が訊《き》く。

「うむ。もう戻らんとな。パリがいくら呑気《のんき》でも」

「そうね……」

紀子はつまらなそうだったが、見当はついていたのだろう。「じゃ、一緒に行こうかしら、私も」

「おいおい」

と、小西は笑って、「仕事をさせないつもりか？」

「あら、あなただって、一日中仕事してるわけじゃないでしょ？」

「そりゃそうだが……。お前がいなくちゃ、聡子たちが困るだろう」

「もう大学生よ」

と、聡子が言った。「良かったら、行ってくれれば？」

「ねえ、そうよね」

と、紀子もまるで娘のように甘えて見せる。

智子は少しうんざりした。酔っているのかもしれないが、母もやりすぎだ、という気がしたのだ。

そのとき、テーブルの間を通り抜けようとした女性が、ちょっとよろけて、

「あっ！」

と、小西の肩につかまって、よりかかった。

「おっと……。大丈夫ですか？」

「ええ、すみません」

と、赤くなって、その若い女は礼を言うと、化粧室と電話のある一画へと歩いて行く。

「——お前がどうしても行きたいのなら構わんが」

と、小西は妻へ言った。「しかし、パリにだけいるわけじゃない。一人でパリのホテルにいられるか？」

「そうねえ……」

紀子も、そういう点は気が弱い。

「ちょっと電話をかけて来る」

と、小西は席を立った。

——店の中はほぼ一杯。ウエイターが皿を下げに来た。

「——満足？」

と、聡子が智子に訊く。

「メインはこれからでしょ」

智子は、「いやだ。ソースが袖口《そでぐち》についちゃった」

「がっついて食べるから」

「ちょっとごめん」

姉の相手はせずに、智子は立ち上って、化粧室の方へと歩いて行く。

席からは、ちょうど湾曲した壁で仕切られた一画に公衆電話があり、その奥が化粧室だ。

智子は足を止めた。——父の声がした。

電話しているのではなかった。奥の化粧室の前だ。

「——分ってるわ」

と、女が言った。

「忘れるなよ、明日の夜だ。十二時に——」

「Sホテルね。知ってるわ」

「用心しろ。充分に」

「ええ。もちろんよ。——まだ命は惜しいものね」

あの女……。さっき、父によりかかった女である。

あれは、わざとやったことだったのか。

父の話し方は怖いほど真剣そのものだった。さっきまでテーブルでしゃべっていた父とは、別人のようだ。

父が男子の化粧室へ入って行き、女は出て来る。

智子は急いで、電話しているふりをした。女が背後を通り抜けると、強い香水の匂いがした。


「もしもし」

「こずえ?」

「そう。いたのか。電話しても留守だから」

「食事に出てたの」

と、智子は言った。「今、ちょうど戻ったら、鳴ってて。——こずえ、もう帰って来たの?」

堀内こずえは、一家で温泉へ行っていたはずだ。

「うん。うちは、智子んとこみたいに優雅に遊んじゃいらんないの」

「何言ってる」

と、智子は笑った。

「風呂へ入るぞ」

と、父の声が聞こえる。

「すぐ入れるわ」

と、母が答える。

父のあの言葉。――あの若い女。

あれは何だったのか？

「――もしもし、智子」

「ごめん。ちょっと……。ね、こずえ、お宅に泊りに行ってもいい？」

「いいよ。いつ？」

「明日の夜」

と、智子は言った。

「うん、大丈夫だと思うよ」

と、こずえが言った。

「ね、こずえ」

智子は、周りを見回し、「こずえはうち《ヽ》に《ヽ》泊りに来ることにして」

「――何のこと？」

「いいから。ともかく、明日会って話す」

「智子――」

「心配しないで。ちょっとね、冒険してみたいの」

「いやよ、退学になるようなことは」

と、こずえが言った。

「大丈夫。そんなんじゃない」

「本当ね？」

「信用しなさい」

「うーん……。ま、いいか」

と、こずえは言った。「じゃ、お互いにってことでね」

「そう。夕方会って、何か食べよう。どこにする？」

——智子も、自分がとっさにとんでもないことを考えていると知っていた。

父と、あの女の話。あれが忘れられなかったのである。

明日の夜、十二時。Ｓホテル。——あれは何のことだったのか。

ただごとでないのは、父の口調からも、察しがついた。

そして、あの若い女の言ったこと。

「命は惜しいもの」

——冗談という口調ではなかった。

父がずっとこっちにいることと、何か関りがある。智子はそうにらんでいた。

こずえを巻き込むのには、少し後ろめたさがあったが、一人で夜の十二時に出歩いていては、目につくだろう。

ともかく、こずえにある程度話をして、力を貸してもらう。——智子は、妙に昂揚《こうよう》した気分だった。

あのFAXが、じっと大人しくしていても、知っている人間がいるのだから、と智子を開き直らせたのかもしれない。

智子は、母に、

「明日の夜、こずえの所へ泊りに行っていい？」

と、声をかけた。

母は、もちろんだめとは言わない。

智子は二階へと駆け上った。——明日の夜、どんな格好でSホテルに行くか。

今は、そのことだけを考えている……。

「気は確か？」

と、堀内こずえが言った。

「いやなら、帰っていいよ」

と、智子は言った。

「今さら帰れる？」

と、こずえは顔をしかめて、「もう十一時半だよ」

「じゃ、付合うのね」

「しようがないなあ！」

こずえは、ホテルのコーヒーハウスの中を見回して、「でも、こんな時にね、凄《すご》い」

——都心のホテルには、深夜まで開いている店が一つはある。

このコーヒーハウスも、午前二時半まで開いているのだ。

二人の席は少し奥だが、ロビーはよく見える。——もちろん二人とも少し大人っぽく見えるようなスタイルで、たとえ知った人間がいても、すぐには気付くまい。

「——お父さんが、どうして？」

と、こずえは言った。

「分んない」

と、智子は首を振った。「ともかくね、こずえ。いつか話せるときが来たら、ちゃんと話す。待ってて」

「分ったわよ」

と、こずえが笑って、「まさか、智子が男を引っかけて遊ぶとは思わない」

「そりゃそうよ」

「大体、引っかからないよ、誰も」

「何よ、それ」

二人は「夜食」と称して、ラーメンを食べていた。——もちろんホテルの中である。安くはない。

「十一時四十分か」

何が起ろうとしているのか、もちろん智子にも分らない。ただ、それと父が、何かつながっている。

それを知ることは、怖くもあり、好奇心を刺激されることでもあった。

「——あ、女が一人」

と、こずえが言った。

「違う。もっと若いよ」

「そう……。美人？」

「割とね」

二人はラーメンを食べながら、おしゃべりは絶えなかった。

こずえの行った温泉での出来事など、話の種は豊富だ。毎日会っていても、電話では一時間でも平気でしゃべれる。何日も会わずにいれば、ましてやである。

「また来た」

と、こずえ。

十一時五十二分。智子は、人を捜している様子の女の姿に目をやった。

ロビーは、さすがに人もいない。女は時計を見て、少し苛立《いらだ》っている様子で、ソファに座る。

「あれだ」

と、智子は言った。「服が違うけど、間違いない。あの女よ」

こずえが黙っているので、

「こずえ、どうしたの?」

「あの女の人……」

と、こずえが目をパチクリさせている。

「こずえ、知ってるの?」

「うん」

と、肯《うなず》くと、「友だちのお姉さん。そう、智子、知らないね。でも――間違いない!

あんな派手な格好してるけど」

「へえ……」

「今、うちの大学生よ」

こずえの言葉に、智子はびっくりした。

「本当？」

「確か……三年生くらいじゃないかな」

と、こずえは言った。「でもショック！　真面目な人なのに」

男と待ち合せて……。何をするか、見当はつく。

もし——その男が、父だったら。

智子は、もうすぐ十二時になる時計へ目をやりながら、不安に駆られた。

来るんじゃなかった。

——もう遅いけれども、そう思ったのである。

13　殺した眠り

「どうする？」

と、こずえが言った。

「どうする、って……。ここまで来て、帰るの？」

智子はそう言って、実は自分の方が帰りたがっているのだと知っていた。

N女子大の三年生だというその女は、ロビーのソファから立ち上った。――十二時を四分過ぎている。

男の方はまだ現われない。

女は、エレベーターの方へと歩いて行った。

「部屋に行くのかな」

と、こずえが言った。

「そうだろうね。でも、キーを持ってるってこと？」

「それとも、相手がもう部屋にいるのか」

「それなら、どうして今までここで座ってたの？」

「知らないよ」

と、こずえは言った。

どこか変だ。ちぐはぐである。

智子は気に入らなかった。

十二時十分。ロビーへ入って来た男がいた。

見るからに、人目を避けているようで、却って人目を引く。コートのえりを立てているのも、こんな季節には不自然である。

しかし智子もこずえも、その男を一目で見分けていた。

「山神先生じゃない」

と、こずえは唖然《あぜん》とした様子で、「驚いた！　あの先生が……」

山神は迷うことなく、真直ぐにエレベーターへ直行した。扉がなかなか開かないので、苛立《いらだ》っているようだ。

「呆《あき》れた……。女子学生と、あんな陰気な先生が？　とても信じらんないね」

と、こずえは言ったが、智子には、これが単純な「遊び」とは思えない。

ただ女子大生が先生と遊ぶのなら、

「命は惜しいもの」

というセリフは出ないだろう。

見ていると、扉が開いて、やっと山神がエレベーターに乗る。智子はパッと立って、

「待ってて」

と一言、小走りにエレベーターへと急いだ。

もちろん、山神の乗ったエレベーターはどんどん上の階へと上っている。智子は、エレベーターがどこで停るか知りたかったのだ。

階数のデジタル表示が、〈15〉で停った。そのまま上りも下りもしないから、おそらく山神は十五階へ行ったのだ。

「――ごめん」

と、席へ戻って、「こずえ。ここで待っててくれる?」

「何するの?」

「十五階へ行ったの、山神先生。私、行ってみる」

「よしなよ!」

と、こずえは言った。「もう帰ろう。ね? 何かあったらどうするのよ」

「大丈夫。危い真似はしないから」

という智子に、

「もうしてるよ」

と、こずえは文句をつけて、「付合うよ。しようがないなあ」

とため息。

悪いね、と智子は手を合せた。ただし、心の中だけである。

せめて、というわけでもないが、コーヒーハウスの飲物代は、智子が持つことにしたのだった……。

十五階といっても、どの部屋なのか見当もつかないのでは、どうにもならない。

智子とこずえは、十五階の廊下をゆっくりと端から端まで歩いて行った。——ドアに、〈ドント・ディスターブ〉の札のかかった部屋もいくつかあった。

ルームサービスの、食べ終えた盆が、ナプキンをかけてドアの外に出してある。

「どこだか分んないね」

と、こずえが言った。「どうする？」

「うん……」

正直なところ少しホッとしてもいた。

「戻ろうか」

「そうだね」

二人はエレベーターの方へと歩き出した。

「山神先生が、あんなことしてるなんてね」

こずえにはよほど意外だったらしい。

「誰がもてるか、分んないものね」

と、智子は言って、エレベーターの呼びボタンを押した。

「でも、智子のお父さん、来なかったじゃない」

「うん。——何だったのかなあ」

と、智子は首をかしげた。

「でも、智子。私たち、お互い、相手の家に泊ってることにしてあるんだよ。これからどうする?」

「何とか言いわけできるよ。うちに来て泊る? 気にしないし」

「そうだね。智子の所の方が——」

突然、鋭い悲鳴が廊下にまで響きわたって、すぐに途切れた。

二人は、顔を見合せて、

「今の……」

「聞いた?」

空耳ではない。あまりに今の声ははっきりしている。

「——どこの部屋だろ?」

「さあ……」

智子としては、知りたい気持と知りたくない気持と半々だった。

エレベーターが来て、扉が開くと――。

「あ……」

智子は、降りて来た若者を見て、びっくりした。「あなた――」

「君か!」

内田三男だった。あの革ジャンパーのイメージとは大分違うツイード姿だ。

「何してるんだ?」

「今、悲鳴が――」

「悲鳴?」

「どの部屋か分らないんだけど」

廊下に面したドアの一つが開いた。

内田三男が、足早に歩いて行く。

「何か……お隣で凄《すご》い声がしたの」

出て来たのは、ガウン姿の婦人で、眠っていたのを起こされたという様子である。

「隣ですか? どっち側です?」

内田が訊《き》くと、その婦人は、

「そっちよ」

と、指さした。「女の人の叫び声が……。聞いたでしょ？」

「いえ、僕は。あの女の子たちが聞いて、びっくりしたそうです」

「そうよ。あれはただごとじゃないわ」

「ホテルの人を呼びます。中へ入っていて下さい」

「お願いね。私、明日の朝、早いの……」

と言って、ホッとしたようにその婦人は中へ引っ込んだ。

「どうなってるの？」

「分らない。とにかくその部屋で何かあったんだろう」

内田はドアを見て、それから智子の方へ向くと、「君たち、いいのか、ここにいて」

智子とこずえは、一瞬詰った。

「もし警察沙汰《ざた》になると……。帰った方がいいよ」

確かにそうだ。智子も、もし、あの部屋に父がいるというのだったら、ここに残るだろうが、山神なら——。

「うちの女子大生と山神って先生がいると思うの」

「山神？」

「知ってる？」

「良子から名前は聞いてる」

と、内田は肯《うなず》いた。「ともかく、呼んでみて返事がなければ、ホテルの人に連絡して開けてもらおう」

智子は、内田がなぜここへ来たのか訊きたかったが、今はそんな雰囲気ではない。

「じゃ、私たち――」

と、こずえを促して、歩きかけたときだった。

カチリと音がして、静かに、そのドアが開いたのである。

フラッと出て来たのは山神だった。

「山神先生！」

と、思わず智子は言っていた。「その手――」

山神の両手はべっとりと赤く包まれていた。

血だ。

しかし、山神は半ば放心状態という様子で、目の前にいる智子たちには気付かない様だった。

そして両手をじっと見下ろすと、

「眠りを殺した……」

と、呟《つぶや》くように言った。「もう眠れん。――眠りを殺した」

〈マクベス〉だ、と智子は思った。

しかし踏み込むまでもなかった。

部屋のカーペットの上に、血に染ったあの女子大生が倒れている。廊下からでも、充分に見える。

下着姿で、まるで真紅の下着を身につけてでもいるようだった。

「君らは帰れ」

と、内田三男が早口に言った。「後は僕が何とかする！」

二人は逆らう気にもなれなかった。

エレベーターでロビーまで降りると、ほとんど走るようにして、表のタクシー乗場で待っている空車に乗り、智子の自宅へと向ったのだった。

——何てことだ！

智子自身も片倉を殺してはいるが、それでもあの女の死体は……。ショッキングだった。

「智子」

と、こずえが言った。「あの男の人、何なの」

「ふーん」

と、こずえが肯く。「何だか複雑なんだね」

智子の部屋である。

タクシーで帰って来たとき、姉がまだ起きていて、

「あら、どうしたの？」

と、不思議そうな顔で訊いた。

「ううん、ちょっと出かけてて、こっちに泊ることにしたの」

と、智子は一応説明したが、姉はもちろん大して気にもしていない。

「お腹空いたら、何か出して食べな」

と言っただけだった。

智子とこずえは順番にお風呂に入って、二人してベッドへ潜り込んだのはもう夜中の二時過ぎ。しかし、どっちも一向に眠気はさして来ない。

当然だろう。あんな凄《すご》いものを見てしまったのだから。

智子は、父が片倉先生の死で、ひどくショックを受けていたこと、あの女子大生とレストランで話していたことを、こずえに話してやった。

それだけでは何のことやら分らないだろうが、これ以上は、いくら友だちといっても話すわけにはいかない。――そう、まさか、いくら親友でも、

「私が片倉先生を殺したの」

とは言えない。

いや、事情を話せば分ってくれるだろうし、こずえが他の人にしゃべることはないに違いない。

しかし智子自身の中で、人を殺したという意識は決して消えない。たとえ身を守っただけだったとしても。

「でも――あの三年生の人、殺されたんだよね」

と、こずえが言った。

「そうだろうね」

智子は、暗い天井を見上げて、呟《つぶや》く。

「山神先生がやったんだろうね……」

確かにあのときの状況は、他に考えようのないものだった。

山神の両手は血だらけで、あんな放心状態で。あの後、どうなったのだろう？

「良子にあんなボーイフレンド、いたんだ」

と、こずえが言った。

「うん。私も、ついこの間会ったのよ」

「――山神先生、逮捕かなあ」

「たぶん……そうじゃない？」

と、智子は言った。

切れ切れの言葉、そして、いくら目をつぶっても浮んで来る、あの凄惨《せいさん》な場面。

山神が殺した。

しかし、父があの女子大生に話していたこと、そして女子大生が危険を承知しているような口をきいていたことは、完全には説明できない。

あの女子大生は何のためにあの部屋へ行ったのか。そして……。

そうだ。――あの女子大生は、フロントにも寄らず、ロビーで少し待っていて、そのまま部屋へ行った。山神は後から来て、真直ぐにエレベーターの方へ行ってしまった。

では、一体誰があの部屋のキーを持っていたのだろう。

どこかおかしい。単純に、山神があそこで女子大生を抱こうとして、何かの理由で殺したとしても、謎《なぞ》は残る。

「――智子」

「うん？」

と、こずえが言った。

「何か隠してること、ない？」

智子はドキッとした。

「どうして?」

「何となく……。そんな気がして」

と、こずえは言った。「ね、何かあったら、いつでも力を貸すからね。当てにしてよね」

こずえの言葉が、智子には嬉《うれ》しかった。

「ありがとう」

と、智子は言った。「ちゃんと話せるときが来たら話すわ。それでいい?」

「いいよ。じっくり聞いたげる。甘いもんでも食べながらね」

二人は笑った。

そして一つのベッドの中で(智子のベッドはダブルサイズなので、二人で充分に寝られる)、二人はやっと遅い眠りに引き込まれて行った……。

14　逃　亡

翌朝、目が覚めると、智子は、ベッドにこずえが少し口を開けてぐっすり眠り込んでいるのを見た。

カーテンは閉めてあるが、充分部屋の中が見えるくらい明るい。それも当然のことで、時計に目をやると、十二時を少し回っている。

智子が起き上って伸びをしていると、こずえも寝返りを打って、目を開けた。

「——おはよう」

と、智子は言って、「もうお昼よ」

「そうか……。智子、今起きたの？」

「見ての通り」

智子は先にベッドを出た。

——二階の洗面所で顔を洗っていると、ゆうべの出来事が思い出されてくる。

あれは本当に起ったことだったのだろうか？　——一夜明けてみると、夢でも見ていたような気がするのだ。

「——智子」

と、母の紀子が声をかけてくる。

「あ、お母さん。こずえも一緒」

と、タオルで顔を拭きながら、「何か食べるもの、ある？」

「聡子から聞いたから、ホットケーキ、焼いてあるわ。匂わない？」

そういえば、確かに甘い匂いが下から立ち上ってくる。

「お腹が鳴る！　すぐ下りてく」

「はいはい」

と、紀子が笑う。「沢山とってあるから、焦《あせ》らないで」

智子は部屋へ入って、まだベッドにいるこずえに、

「ホットケーキだよ！」

と声をかけた。

——二人して降りて行くと、

「ほら、紅茶いれてるから。出すぎない内に注いで」

と、紀子が言った。

「うん」

「おはようございます」

と、こずえが挨拶《あいさつ》する。

「おはよう。でも、もう昼よ」

と、紀子は笑った。

「お父さんは？」

「お仕事よ、もちろん。そうそう休んでられないんですからね」

と、紀子は言って、「たぶん、二、三日後の飛行機で」

「パリ？　お母さん、ついてくの」

「まさか」

と、紀子は笑った。

「でも、結構本気そうだった」

「親をからかうんじゃないの。早く食べて。——お母さん、出かけるから。お皿は重ねといてね」

「うん、洗っとこうか」

「あんたは洗濯機にでも放り込みそう」

と、紀子は言った。

「ひどいなあ」

「いいわよ、帰ってから洗うから。お水にだけつけといてくれれば」

「はい」

と、智子は椅子を引いて座った。「ね、今日は――」

「お母さん！」

と、鋭い声が、智子の言葉を遮った。「智子！　来て！」

姉だ。智子と紀子は一瞬戸惑った。

「ね、早く来て！」

姉の声は切迫している。

もちろん、こずえも一緒に居間へ入って行くと、

「今、ニュースで……」

と、聡子が緊張した声で言った。

あのホテルだ。――智子とこずえは、そっと目を見交わした。

「殺されたの、うちの大学生よ」

と、聡子は言った。

「犯人、捕まったの？」

と、紀子が訊《き》く。

聡子が答えるまでもなかった。

「——通りがかった客が、犯人らしい男を見付け、ホテル側に通報しました。ところがその男は、客を突きとばして逃げ、入れ違いに駆けつけたホテルの従業員が急いで手配しましたが、結局、見付かりませんでした」

というアナウンサーの話。

画面に出ているのは「通りがかった客」の顔だった。内田三男だ。

「なお、犯人らしい男は、部屋に残されていた財布から、N女子大助教授、山神完一と分りました。目下、警察で行方を捜しています」

ニュースが変った。

しかし、しばらく誰も口をきかない。

「——山神先生が?」

と、紀子が言った。「何てことでしょ!」

「やりかねないわよ」

と、聡子は立ち上って、「出かけてくる」

二階へ駆け上って行く。

おそらく、小野由布子の所へ行くのだろう。

しかし——智子は、もうそれを知っていたわけだ。ただ、山神が逃げたこと、それがショックだった。

「いやねえ……」

と、紀子が首を振って、「こんなことがあると、N女子学園の評判が……」

「きっと、お父さん、呼び出されてるなあ」

と、こずえが言った。

「こずえ、帰る?」

「いいよ。私が帰っても、どうにもなんないし」

「そうだよね……」

智子はリモコンでTVを消した。そして、

「お母さん、出かけるんじゃないの?」

と、訊いた。

「そうだった。忘れるとこだったわ!」

紀子も、二階へ上って行く。

智子とこずえは顔を見合わせた。

「——逃げたんだ」

と、こずえが言った。

「うん……」

山神が逃げた。ということは、やはり犯人と思われても仕方ない。

姉が、急いで出かけて行く音がした。

「鍵かけといてね！」

と、大声で言って、タタタッと駆けて行く足音。

そして、十分ほどして、紀子も出かけて行った。

「夕ご飯はちゃんと作るからね」

と言って出て行く母を、

「遅くなるようなら電話して」

と、智子は見送った。

――居間へ戻ると、こずえと二人、しばし黙り込んで、それから朝刊を何気なくめくる。

「山神先生、私たちのこと、憶えてるかな」

と、こずえが言った。

「さあ……」

あのとき、山神の様子は普通じゃなかった。確かに、まともではなかったのだ。

しかし――智子とこずえの二人を見たことは事実である。

電話が鳴り出した。

小野由布子からかな、と思いつつ、受話器を取ると、

「もしもし、小西さんのお宅ですか」

「そうです。あ、内田君？」

「君か。TV、見た？」

「うん、結構二枚目にうつってたよ」

「よせよ」

と、内田は言った。「油断しちゃったんだ。あんな風だったろ。大丈夫だと思って、電話してたら、急にドンと突き飛ばされて。——畜生！」

と、悔しそうである。

「けが、なかったの？」

「ああ、何ともない。でも、こっちも何の用でホテルに来たのか、訊かれてさ。困っちゃったよ」

と、内田は言った。

「でも、あなた、どうしてあそこにいたの？」

「呼ばれてた」

「呼ばれて？　誰に？」

「良子の友だちだ、と言ってた。女の子だ。名前は言わなかったけど——。あの殺された子かもしれないな。分らないけど」

「そう。――じゃ、あの部屋へ行くところだったの?」

「うん。しかし――そっちはどうしてあそこにいたんだ?」

智子は詰った。何と説明したものだろう?

「電話じゃ……。ね、一度会って話しましょう」

と、智子は言った。

「ああ、そうだな。しかし、あの山神っての、どこへ隠れてるのかな」

「じき、捕まるでしょ」

「たぶんな。じゃ、また電話するよ」

そばに誰かいるらしい、と智子は感じた。少しあわてた様子で切っている。

「――ゆうべの人?」

と、こずえが訊く。

「うん」

智子は肯《うなず》いて……そう。考えてもみなかったが、山神はどこへ逃げたのだろう?

何となく、漠然とした不安が、智子の中に広がる。

それは、山神が見せた奇妙な笑顔――片倉の学校葬のとき、そして卒業式のときの、あの山神の、奇妙に親しげな視線のせいだった……。

「びっくりしたわ」

と、聡子は言った。

「どうして?」

小野由布子は平然とトーストを食べている。

「だって……」

「やりかねないじゃない。山神先生なら」

二人は由布子の家に近い喫茶店に入っていた。

由布子も遅く起き出して、TVのニュースを見ていたのである。

「殺された子は可哀そうだけど」

と、由布子は言って、コーヒーを飲んだ。「何て言ったっけ?」

「田代百合子《たしろゆりこ》」

「そうそう。でも——よく顔、分んないな」

と、由布子は首を振った。

「ひどい話よね」

と、聡子は言った。「でも、田代さんって、私は知ってるけど、ホテルへ何しに行ったんだろ?」

「そりゃ、山神先生に誘われたんでしょ」

と言ってから、「もう『先生』はいらないね」

「だけど……」

「何を悩んでるの？　あの手紙が事実だったたってことが分るじゃない、これで。一度に解決よ」

「そう？　だけど、由布子。確かに、山神は片倉先生を憎んでたかもしれない。でも、だからって自分のとこの学生をあんな風に殺す？」

「田代って子が、いやがって暴れたんじゃないの？」

「そう……かもしれないけど」

「ともかく、これで片倉先生を殺したのも山神だってことが、警察にも分るわ。仇《かたき》をとったのよ。嬉《うれ》しくないの？」

「嬉しいわよ、もちろん」

と、聡子は言って……。

しかし、聡子の奥には、引っかかるものがあった。

片倉が出世の邪魔になったから殺す。女子大生をホテルへ呼び出しておいて殺す。

——その二つが、どうにも結びつかない。

山神が頭のいい男なら、片倉を殺したりしないかもしれない。いや、どこか異常なところを持った男というのなら、それなりに納得できないことはないのだが。

「——ああ、やっと目が覚めた」

と、由布子は伸びをした。

「お客様の小野様。いらっしゃいますか」

と、ウエイトレスが呼んだ。

「はあい」

と、由布子が手を上げる。

「お電話です」

「え?」

由布子は少しびっくりした様子だったが、すぐに立って行った。

「——よくここにいるのが分ったわね」

と、電話に出て、しゃべっている。「——ええ。——そうね。大丈夫だけど。——じゃ、あと……二時間したら。——そう、いつもの所でね」

由布子は電話を切って、戻って来た。

「彼氏?」

と、聡子が言うと、

「そんなとこ」

と、由布子は照れる様子もなく言った。「会社員だからね、夏休みはないの」

「へえ、年上?」

「そうよ」

「まさか妻子持ちってわけじゃないでしょ」

冗談のつもりで聡子が訊くと、由布子はちょっと眉《まゆ》を上げて、

「そうだとしても、別に構わないでしょ」

と、言ったのだった。

15　消えない罪

「じゃ、またね」

と、こずえが手を振る。

「バイバイ」

智子は、こずえを駅まで送って来たのである。

友だちたる者、別に用事はなくても、玄関で「さよなら」というわけにはなかなかいかないものだ。

ついつい、こうして出て来てしまうのだ。

駅前で別れて、智子は、真直ぐ帰るのもしゃくで、マーケットに入ってみた。

何か欲しい物があるというわけじゃないのだが、文房具とか、キャラクターグッズの棚は、見ているだけでも楽しい。

歩いている内に、何か買いたい物に出くわすかもしれないし……。

智子は、棚の間をぶらぶらと歩いて行った。

——春休みというせいもあるだろう。小学生、中学生らしい子が多い。何人かずつ連れ立って、買物をしている。

——楽しそうだ、と思った。

私にもあんなころがあったんだわ、などと考えて、自分で笑っている。

棚の端を回ると、少し奥まった所に、小学生の女の子が立っていた。たぶん——四年生か五年生。可愛いメモ帳を手にとって見ていたが、棚へヒョイと返して——いや返したように見せて、そのメモ帳は手の中におさまっていた。その手を後ろへ回すと、持っていたバッグの中へストンと落とす。

その鮮やかさに、一瞬、智子は目を疑った。

万引きか。——それにしても、見るからに真面目そうな、ごく普通の女の子である。

その女の子は、歩き出そうとして、目の前の智子に気付いてハッとした。

「だめよ」

と、智子は言った。「棚に戻しなさい」

女の子は、ジロッと智子をにらんだ。

「何のこと」

とぼけている。——智子は呆《あき》れた。

「見てたのよ。お店の人には言わないから、返しなさい。早く」

「関係ないでしょ」

と、言い返して来る。「何の証拠があるのよ」

「何ですって？」

智子もムッとした。

しかし、騒ぎを起こしたくはない。少し厳しい目で女の子を見つめて、

「いい？　騒ぎになれば、お宅にも連絡が行くのよ。そのメモ帳は値札がついてて、お店の人が見れば、お金を払ってないことはすぐ分るわ。じゃ、お店の人を呼ぶ？」

女の子はじっと智子をにらんでいる。

それは、智子がたじろくほどに、憎しみを感じさせる視線だった。

「いらないや、こんなもの」

バッグから、メモ帳を取り出すと、女の子は、智子に向ってそれを叩《たた》きつけると、タタッと足早に行ってしまった。

智子は、重苦しい気持で、その場にしばらく立っていた。あれが小学生の目だろうか。

怒りよりも、悲しくなってくる。

メモ帳を拾い上げると、智子は棚へ戻そうとして、少し汚れてしまっているのを見た。

ためらったが、自分で買うことにした。そうせずにはいられなかったのである。

レジで、そのメモ帳を出すと、

「あ、少し汚れてますから」

と、レジを打つ女の子が気付いた。

「いいんです」

「でも――」

「それがいいんです。汚れてても、構いません」

と、智子は言った。

「そうですか？」

レジの子が、不思議そうに智子を見て、レジを打った――。

マーケットを出ると、智子はゆっくり歩き出した。

少し曇っていたが、まずは穏やかな日和《ひより》である。時間が中途半端なのか、道を行く人は多くない。

――突然、誰かがすぐそばに立ったのに気付く。

「見ていたよ。真面目じゃないか」

と、その男は言った。「真面目な優等生、小西智子君か」

智子は、目の前のその男を幻かと思った。

山神が立っていたのである。

長い時間だったか。それとも、ほんの数秒か。

ともかく二人は、道に立って向き合っていたのである。

「ゆうべ会ったね」

と、山神は言った。「もっとも、あのとき、僕はまともな状態じゃなかったけど」

「山神先生――」

「怖がるなよ」

と、山神は笑った。

その笑いが、いつもと変らないのが、不気味である。

「警察が――」

「知ってる。歩こう」

山神は、智子の腕をとって歩き出した。

智子はまだこれが現実なのかどうか、と疑っていた。

「立派なもんだ」

と、山神は足早に歩きながら言った。

逃亡犯という感じではない。服も変えているし、ひげもきれいにそってある。

「万引きの子の投げつけたノートを買ってやる、か。――罪滅ぼしかね」

「何のことですか」

と、智子は言った。

「決ってるだろ。片倉先生を殺したことの、さ」

山神の言葉に、智子の顔からサッと血の気がひいた。

「知ってるんだよ」

と、山神は言った。「君があのマンションから駆け出して行くのも見た。雨の中をね」

智子は、否定しなかった。頭から否定してしまえばすむことだ。

しかし――言葉が出て来なかった。山神がしっかり腕をつかんでいる。その恐怖もあったが、事実を否定するのは、辛《つら》いことだった。

「君は真面目だな」

と、山神は言った。「分ってる。自分のしたことで苦しんでるね」

「私……あのときは……」

「知ってるとも」

と、山神は肯《うなず》いた。「――まあ、かけて話そうじゃないか」

山神は、人のいない小さな公園の中へ智子を連れて来ると、ベンチに座らせ、自分もぴったりと身を寄せて座る。智子は反射的によけようとした。

「心配するな」

と、山神は言った。「僕は片倉じゃない。君のような子に手は出さないよ」

「じゃあ……知ってたんですか」

「期待してたってとこかね、正確には」

と、山神は言った。「君のことを片倉が誘ったのを知ってたね。僕には分っていた。君がどうなるか。片倉があの手で、女の子を何人ものにしているのも、知っていた」

智子は、黙って山神の話を聞いていた。

「――僕はね、あの雨の日、片倉のマンションの表で、車を停めて待っていた。君が入って行くのが見えた。赤い傘を、ロビーの隅の傘立てへ入れてね」

赤い傘……。山神だったのか、あのFAXを送ってよこしたのは。

「君が、片倉の部屋に入る。――たぶん三十分もすりゃ、片倉は君を手ごめにしているだろうと思った。カメラを用意してね、待ってたんだ」

「じゃあ……私が先生に――」

「暴行されている現場写真をとる。これで、片倉の首根っこをにぎってやれる。そうだろ?」

「ひどい人ですね」

と、智子は山神を見た。

「片倉ほどひどくない。違うかね？」

と、山神は笑って、「ともかく、カメラを手に、ころあいを見はからってると、君が突然飛び出して来た。傘も忘れて飛び出して行く。――やられたか、と思った。遅すぎたかな、とね。しかし、こんなに早く君を帰すだろうか、と思ったんだ」

「じゃ――」

「そう。僕は中へ入った」

「でも、鍵が……」

「ちゃんと合鍵は作ってあったさ。健康診断で、片倉が上着を脱いで、そのポケットにキーホルダーを入れていたのでね。そのとき、そっと型をとった」

山神は、むしろ愉《たの》しげにしゃべっている。

なぜだろう？　智子には分らなかった。山神は自分が手配されていることを、知っているはずなのに。

「片倉の部屋へ入って、びっくりしたよ」

と、山神は言った。「片倉が死んでるじゃないか！　あの図々しく生きていて、とても死にそうもなかった男が」

「あれは……事故だったんです」

と、智子は言った。

「灰皿で殴りつけたのも？」

山神は、ちょっと笑った。「まあいい。ともかく、君は奴《やつ》を殺してくれた。しかも、片倉にしてみりゃ自業自得だ。同情することもない」

智子は、ふと気付いて、

「じゃあ……指紋を拭いたのは――」

「そう。君だって、あんな奴のために少年院なんていやだろ？　だから、ていねいに指紋を拭き取ってあげた」

智子は、大きく息をついて、

「山神先生。何のために私をこんな風につけて来たんですか？」

と、言った。

「簡単さ」

と、山神は言った。「しばらく身を隠さなきゃいけない。金がいるんでね。君から都合してもらおうと思ったんだ」

「お金なんて――」

「君の家は金持だ。ないことはないだろ？」

智子は、じっと山神を見つめて、

「山神先生。ゆうべのあの——田代さんって女子大生。先生が殺したんですか」

「違う違う」

と、山神は首を振った。「そんな真似はしないよ。僕ははめられたんだ」

「はめられた？」

「そう。——片倉はね、自分が女子学生に手が早かっただけじゃない。女子学生にアルバイトをさせて、方々にコネを作っていた」

「どういうことですか？」

「つまり、コネをつけたい政財界の大物に、女の子を紹介するのさ。もちろん金にはならない。女の子はこづかいを稼いだろうがね」

「売春ですか」

「まあ、古い言葉でいえばそうだ」

と、山神は肯いて、「一方で片倉は、そのコネで方々の役員をやり、甘い汁を吸っていた。ところが片倉が死んで、そのお偉方はあわてた」

「自分の名前が出ると……」

「そう。社会的地位のある名士ばかりだ。女子大生を金で買っていたと分れば、命とりになる」

「片倉先生の所に、そんな証拠があったんですか」

「どうかね。それほどどうかつな男じゃないと思うが。——ともかく、それに絡《から》んでいたのがあの田代って子だ。僕はあの子に呼ばれていた。部屋へ行くと、飲物をすすめられて……。それに何か薬が入っていたんだ。カーッとして、何も分らなくなった。そして、やっと我に返ると、あの子が血まみれで倒れていて、若い男が、ホテルの奴を電話で呼んでいた。自分の両手に血がついているし、これは俺がやったと思われるな、と……。それで逃げ出したのさ」

智子は、どうしたものか迷っていた。

「とりあえず、今持ってる金をくれるか」

と、山神は言った。

拒むわけにはいかない。智子は財布ごと山神へ渡した。

「中身だけもらおう。——一万円札があるじゃないか。これで一日二日は安ホテルでも泊れる」

山神は財布を智子へ返すと、「いいかい。君が片倉を殺した。僕はそれを黙っているんだ。その代りに君が僕を助けてくれてもいいと思うがね」

「じゃ、あの田代さんを殺したのは、誰なんですか」

山神は肩をすくめ、

「見当はつくが……。まあ言わずにおこう」

と、言った。「さあ、君は家へ帰って、何とか金をつくってくれ」

「いやだと言ったら？」

「言わないさ」

山神はギュッと智子の肩をつかんだ。「君は真面目な子だ。片倉を殺したと言われるのはいやだろ？　日本は、正当防衛が認められにくい。しかも、君はすぐに届け出ず、隠していた。言い逃れはできないよ」

智子は、何も言わなかった。

山神は立ち上って、

「じゃ、こっちから連絡するよ、明日にでもね」

と言うと、公園から足早に出て行き、素早く左右を見回して立ち去った。

智子は、しばし、ベンチから動けなかった。

山神の逃亡を助ける？　とんでもない話だ！

しかし……だからといって、山神を告発できるだろうか。あの〈赤い傘〉は、まだあのマンションの子が持っているのだ……。

智子は、ため息と共に立ち上り、ゆっくりと歩き出していた。

「――田代百合子は、どうして殺されたの？」

と、由布子は訊《き》いた。

「知らんよ」

「でも、誰かがやったわけでしょ」

「山神さ。それでいいじゃないか」

「気になるじゃない」

小野由布子は、ベッドで裸の体にシーツを巻きつけて、伸びをした。

「――ともかく、これでけりがつく」

「そうかしら」

「どうしてだ？」

「あの手紙で、山神が犯人と思われたとしても、もし、山神にアリバイがあったら？

あり得ることでしょ」

「まあ、そうだな」

男はワイシャツを着て、ネクタイをしめている。

「でも――まあいいか。そこまで心配しても仕方ないものね」

――ホテルの部屋は、薄暗かった。

窓がないので、昼も夜もない。ただ、愛し合うために来るだけだ。それで充分なのである。

「もう行くの」

と、由布子が言った。

「仕事がある」

「いつ、発つの？」

「まだ分らん。飛行機の予約もあるしな」

と、小西邦和は言った。

「出発までに、また会ってね」

と、由布子が身をのり出すと、

「そうしよう」

小西は素早く由布子にキスして、「じゃ、行くよ」

と、上着を着た。

「どうぞ。私、もう少しのんびりしてから行くわ」

「こづかいだ」

小西が一万円札を何枚か、灰皿の下へ置く。「じゃあ」

小西が出て行くと、由布子は欠伸《あくび》をして、それからベッドのわきの電話へ手を伸したのだった。

16 後悔

「私は……何も知りません」

と、呟《つぶや》くように言って、「通して下さい。——お願い」

顔を伏せて、TVカメラのレンズから逃れようと空しい努力をする女。——マイクはしつこく無慈悲に、女を追いつづけて、

「ご主人から何か連絡は？　女子大生と関係があったというのは本当ですか？」

「知りません。知りません。放っておいて、お願い」

「奥さん！」

逃げるように、古ぼけた家の玄関を開け、中へ入って行く女へ、とどめの一言が投げられる。

「奥さんと片倉教授の間に大人の関係があったという噂《うわさ》ですが、事実ですか！　イエスかノーだけ！」

ガラガラと音をたてて、玄関の戸が閉る。

TVを見ていた聡子は、重苦しい気持でリモコンを手探りした。カチッと音がして、TVが消える。

「──智子。帰ってたの」

「うん」

と、智子が肯《うなず》く。「今の……山神先生の奥さん？」

「そう」

聡子は、ため息をついた。「いくら何でも、可哀そうね」

「ひどいね。あそこまで言わなくても……」

聡子は、責任を感じていた。何といっても、山神の家へ忍び込んで、片倉とあの夫人──山神久里子《くりこ》というのだと、今のTVで初めて知った──の写真を見付けたのは、聡子と小野由布子である。

それを警察へ送った。あの匿名《とくめい》の手紙に添えて。あれはやり過ぎではなかったろうか。

今となっては、田代百合子の事件だけでも、充分山神が逮捕される理由があるわけで、聡子たちのやったことは、大して意味がなかったとも言える。

「何だか、やつれてたね」

智子の言葉に、聡子は少しドキッとした。

「山神先生の奥さん？　そうね。幸せそうじゃなかったわ」

「今はそうだろうけど……。もともとうまく行ってなかったのかな」

智子がソファに座って言った。

「どうしてそう思うの？」

「別に。何となく」

智子は、姉の方を見て、「お姉さん……何か心配してるね」

「私？」

「そんな顔してる」

「そう？」

聡子は、立ち上った。「少しね。——二階にいるわ」

「うん……」

聡子は居間を出た。

階段を上って、自分の部屋へ入ると、ひどく疲れたような気がした。——こんな気持になろうとは。

妙なものだ。いざ、望み通りにことが運ぶと、

「こんなはずじゃなかった」

という思いがこみ上げてくる。

ベッドに横になった。天井を見上げて、山神久里子の、あの哀れな姿を思い浮かべた。

胸は痛んだが、思い出すべきだ、と思った。

おかしい。——どこか、狂ってる。

山神が片倉を殺す。もし、妻と片倉の間に本当に何かあったのなら、殺してもおかしくはない。三井良子、田代百合子。みんな山神がやった、ということにすれば楽だろうが……。

しかし、一人ずつなら、分らないでもないけれども、三人並ぶと、却って「まさか」という気持になってしまう。山神は何も「殺人狂」というわけではない。

教授の地位目当てに片倉を殺したとすれば、計算ずくで、計画的にやったということになる。しかし、三井良子と田代百合子は?

どっちも、「普通」の殺し方じゃない。しかも、田代百合子を殺したときは、放心状態だった、と言われている。何か薬のせいではないか、という指摘もあった。

片倉殺しと、二人の女子学生殺しが、どうしても結びつかない。両方を山神一人が殺した、とするのは、無理がある。そう、これは別々の事件ではないのか。

もう一つ、聡子の心に引っかかっていることがあった。

山神久里子と片倉。——この二人が「恋人同士」だったということが、信じられないのである。

山神久里子は、決して目立つ女ではなかった。片倉は若い女子学生に囲まれ、かつ噂《うわさ》も少なくない。つまり、もてる男性だった。

その片倉が、山神の妻に手を出すだろうか？

確かに人間の「好み」というものは理屈じゃあるまい。しかし、あの二人の関係を、聡子はどうしても想像することができなかった。

——電話が鳴り出し、聡子はギクリとして飛び起きた。智子が出たようだ。

「智子。誰から？」

と、ドアを開けて呼ぶと、

「友だち」

と、下から返事があり、聡子はホッとしたのである。

ともかく、このまま放ってはおけない。聡子は決心していた。結果がどう出るかは別として、山神が「三人全部」を殺したわけではない、という前提で、もう一度調べ直してみよう。

警察は、あの匿名の手紙を信じるだろうか？

「匿名の手紙？」

と、智子はソファにかけて、電話を手にしていた。「どんな手紙だったんですか？」

草刈刑事からの電話だったのである。姉には「友だち」と言っておいたが、まるきり嘘《うそ》というわけでもない。

「かなり本格的でね」

と、草刈が言った。「片倉先生を殺したのが山神だ、と。しかも、中に写真が入れてあった。片倉と山神久里子の写真だ」

「そうですか……」

それであの騒ぎになっていたのか。

「本当に山神先生がやったんでしょうか」

「どうかね。ともかく本人が見付からんことには、こっちとしても事情を聞くわけにもいかない」

草刈の言葉に、智子はドキッとした。――もちろん、山神が智子の前に現われたことなど、草刈に分るはずもないが。

「でも……もし犯人じゃなければ、逃げることもありませんよね」

と、智子は言ってみた。

「そう思うかね？　いや、人間なんて臆病なもんだよ。もしかして犯人にされてしまうんじゃないか、と思っただけで、逃げ出したくなる。逃げたからといって、必ずしも犯人とは限らないよ」

意外な言葉だった。同時に、草刈が決して「権威をかさにきた」警官でないことに、好感を持った。

「それよりも、興味があるのは、匿名の手紙の方でね」

と、草刈はつづけた。「誰が出したのか、ということだ。しかも、片倉教授と山神夫人の写真まで入っているとなるとね」

「そうですね」

「二人の写真が入っているということは、かなり狙《ねら》いを絞って尾行していた、ということになる。つまり、初めから山神が犯人、という印象を与えることを意図していたんだろうね」

聞いていて、智子はハッと息をのんだ。思わず目が天井へ向く。——二階にいる姉のことを考えたのである。

姉がやったのだ。姉と、小野由布子。

きっとあの二人が、「匿名の手紙」の差出人だ。智子は、直感的にそう思った。

「どうかしたかい?」

と、草刈が言った。

「あ——いえ、別に」

「何か君の方に耳よりな情報は入ってないかね」

「いえ……。さっぱり。学校、休みですし」

「それもそうだね」

と、草刈はちょっと笑って、「じゃあ、また連絡するよ」

「ええ。私の方も、山神先生にでも会ったら、お知らせします」

「よろしく頼むよ」

草刈は愉《たの》しげに言って、電話を切った。

智子はしばらく受話器を持ったままだった。

自分の言ったことが、信じられない。——こんなことを冗談で言っている。私、どうなっちゃったんだろう？

山神は「金を持って来い」と要求している。

智子は、どうしたものか、困り果てていた。自分で好きに使えるお金など、大したことはない。一度渡せば、山神は「もっとよこせ」と言って来るだろう。

智子は、どうしていいか分らなかった。

「——智子」

姉の聡子が居間を覗《のぞ》いて、「ちょっと出かけてくる」

「そう。遅くなるの？」

「分らないわ。電話する」

「うん」

姉が出て行く音を聞きながら、智子は思っていた。姉妹といっても、もうこんな年齢になると互いの考えや、やっていることも分らない。

親も同様だ。――もちろん、いつまでも子供の行動を四六時中見張っているのが親の仕事ではないが、やはりある時点から、親子もまた他人になる……。

「――そうか」

と、智子は呟《つぶや》いた。

あの匿名の手紙に、片倉と山神の奥さんの写真が入れてあったということは、片倉の生きている間から、その事実を知っていたことになる。

では、姉がやったことではない。姉は、片倉が死んで初めて、山神のことを調べ出したのだから。

一体誰が「匿名の手紙」を出したんだろう？

それに、もう一つ気になっていることがあった。あの草刈という刑事が、どうして智子にわざわざ手紙のことを知らせてくれたりするのだろう？

それだけではない。智子に片倉の部屋を見せてくれたり。普通なら考えられないことである。

あの刑事の狙《ねら》いは何なのだろう？

——考え込んでいて、玄関のドアが開くのにも気付かなかったらしい。

「おいででしたか」

と、やす子が顔を出したので、智子はびっくりしてソファから飛び上った。

「ああ、びっくりした！」

「あら、そんなに驚くような顔してます？」

と、やす子が笑って、「他の方は？」

「出かけてる」

と、智子は言った。「やす子さん、まだお休みかと思ってた」

「そのつもりだったんだけど」

と、やす子は笑顔を見せて、「皆さんが飢え死になさるといけないので」

智子は笑った。——やはり、家の中をいつも駆け回っていてくれる人がいないと、落ちつかないものなのである。

「何を召し上ります、今夜？」

と、やす子が訊《き》く。

「何でもいいよ。お母さん、帰るようなこと言ってたけど」

「当てになりませんものね」

「本当」

二人は顔を見合せて、笑ったのだった。

電話が鳴った。——とたんに、智子は現実に引き戻されている。

もしかしたら、山神から？

「出るわ、たぶん、私」

と、智子はやす子へ言って、受話器を取った。「——もしもし」

「君か」

やはりそうだった。智子は、チラッとやす子の方へ目をやる。

やす子はもう台所へと入って行っていた。

「——何ですか」

と、智子は低い声で言った。

「いや、こっちのホテルを教えとこうと思ってね。メモしてくれ」

智子はためらったが、言われるままにメモをとった。

「——さっきもらった金じゃ、何日ももたないよ。金はできるだろ？」

「無理言わないで下さい。学生なんですよ。うちのお金を持ち出せばすぐ分るし」

「何とかしてくれよ、そこを」

と、山神は平然としている。「君のためでもある。そうだろ？」

「山神先生……。そうやって、ずっと逃げてるつもりなんですか？」

と、智子は言った。「TV、見ました？　奥さんが可哀そうじゃありませんか」

「君に説教してもらうつもりはない」

山神の口調が変った。「明日、昼までに金を持って来い。そうでなきゃ、片倉を殺したのが誰か、通報するだけだ。例の〈赤い傘〉があるからね。君は言い逃れできない。そうだろう？」

智子は黙っていた。山神は、ちょっとかすれた声で笑った。

「まあ心配するなよ。何しろ僕と違って、君は『人殺し』だ。丁重に扱うからさ。殺されたくないからね」

「そんな……」

「ホテルへ来い。待ってるぞ」

山神が電話を切った。

智子は、深々と息をついて、頭をかかえてしまった。――どうしよう。

耳の奥で、山神の言葉が響いている。

「君は『人殺し』だ」と……。

17 交錯

聡子は暗くなるのを待っていた。

山神の家の近くには、カメラマンや記者の姿がチラついていたし、ライトバンが、じっと番犬よろしく玄関の正面で待ち構えている。

何かあれば、パッと飛び出してくるのだろう。

さりげなくその前を素通りして、聡子は、暗くなるまではとても入れない、と思った。

いや、暗くなってもあの記者やカメラマンたちは、あそこを動かないだろう。

ともかく、待つしかない。——聡子は一旦山神の家を離れて、少し商店街をぶらついて時間を潰した。暗くなるまでが、いやになるくらい長く感じられる。

「——もういいか」

お茶を飲んで、外がすっかり暗くなると、立ち上った。

山神の家の前まで来ると、相変らず車が停っていて、タバコをふかしながらカメラを下げている男たちの姿が目に入る。

聡子は山神の家の前を足早に通り過ぎると、チラッと後ろを振り返り、家のわきへ回った。服がこすれそうな狭い塀の隙間《すきま》を抜けて、庭の方へ回る。

目につかないのはいいが、真暗で、勝手口がどこだったか、分らない。何かペンライトでも持って来るんだった、と思ったが、今さら戻る気にもなれない。

手探りで勝手口の戸を捜す。——これかしら？

力をこめて押すと、少しきしんで、戸が開いた。ホッとして、聡子は庭へ入った。前に由布子と入ったときは、昼間だったのだが、今は足下も見えないほど暗い。家に明りが見えないのだ。明りが点いていれば、少しは庭先へも洩《も》れてくるだろうが。

留守？　いや、そんなことはないだろう。

もし出かければ、あのカメラマンたちの目に止らないわけがない。

つまずかないように、そろそろと前へ進んで……。突然、すぐわきで、庭木が揺れる音がした。ザザッ、と何かの動く気配。

心臓が止るかと思った。音のした方へ振り向いて、

「——誰？」

と、声をかける。

普通にしゃべったつもりでも、ほとんど囁《ささや》くような声になっていた。

もちろん返事はなかった。そして、何の物音もしない。

しかし、聡子ははっきりと感じた。——誰かがいる。あの揺れ方は、風や犬猫ではない。人が動いて、つい庭木に触れてしまったのだ。

そして今、その誰かは、じっと息を殺し、身動き一つせずに聡子の様子をうかがっている……。

聡子は汗がふき出してくるのを感じた。こっちが動くか、向うが先か。

耳に神経を集中していると、ジーンと静寂そのものが音を発してくる。現実の音なのか、それとも聞こえているような「気がする」だけなのか。

——何分間、そうして動かずにいただろう。汗がつっとこめかみから伝い落ちて行く。

もうだめだ！　聡子は、そっと息を吐《は》き出すと、じりじりと山神の家の建物の方へ、動き出した。

庭へ出るガラス戸に手をかけると、スルスルと開いた。——少し迷ったが、上ってしまうことにした。

靴を脱ぎ、上り込むと、戸を閉める。

ホッと息をつくと、同時に庭先で黒いものが動くのを、聡子は見た。見たといっても、どんな姿だったかも全く分らないままだったが——。

誰かいたことだけは確かである。しかし、聡子は、とても追いかけようなどという気にはなれなかった。

その「誰か」は、あの勝手口から出て行ったのだろう。——一体誰だったのか。聡子には見当もつかなかった。

「——奥さん」

と、聡子はそっと言った。「すみません。奥さん……。いらっしゃいますか」

勝手に上り込んで、向うは仰天するだろうが、正面からは入れないし、こうするしかなかったのである。

しかし、おかしい。家の中は真暗である。もしかすると、今、庭から出て行ったのがそうだったのか？

「奥さん……。失礼します」

手探りすると、明りのスイッチが見付かった。カチッと押すと、見憶えのある茶の間が現われて、ともかくホッとした。

「奥さん。いらっしゃいますか」

台所を覗《のぞ》き、そして二階へと上ってみる。

二階も暗いままだった。いるとすれば、二階だろう。

人目をさけて、二階で寝ているのかもしれない。

「奥さん。おいでですか。——山神先生に習ってる学生です。——奥さん」

声をかけ、しばらく待ってみたが、何の反応もない。やはり留守なのだろうか。

聡子は、由布子と二人で忍び込んだときのことを思い出していた。今考えても、恥ずかしさで赤くなる。

何という無茶なことをしたのだろう。結局、自分のしたことは、何の罪もない奥さんを苦しめただけでしかなかった。

ためらって、しかし、ここまで来て帰るわけにもいかず、聡子は、そっと寝室の戸を開けた。

山神先生の部屋だ。明りを点けたが、何もなく、誰もいなかった。

もう一つの部屋だろうか?

聡子は、もう声をかけずに、隣の部屋の戸を開けた。——暗い。

明りを点けるのに、少し手間どったが、チカチカと蛍光灯がまたたいて、青白い光が一杯に広がる。

それは、風もないのに、ゆっくりと揺れていた。

椅子が倒れている。そして、ギイ、ギイ、ときしむ音をたてているのは、天井の、照明器具を下げるためのフックから下った細い縄だった。

縄の先でゆっくりと揺れながら回転しているのは、山神の妻の体だった……。

何時間もたっていたかのようだ。

聡子は、その場に呆然《ぼうぜん》と突っ立っていたが……。思いの他、ショックは小さかった。

いや、正直なところは、まだショックを感じられなかったのだろうが。しかし、いくらかは、この光景を予期していたのかもしれない。

「――どうしよう」

と、聡子は呟《つぶや》いた。「救急車……。一一九番だわ」

いつの間にか、階段を下りて、電話をかけていた。――どこへ？　どこへかけてるんだろう、私？

「――はい。小西です」

智子が出た。うちへかけたんだわ。聡子はぼんやりと受話器を手にしている。

「――もしもし？　――小西ですけど。もしもし？」

「智子……」

「お姉さん？　何だ、びっくりした！　どうしたの？」

「――死んでる」

「え？」

少し間があった。「今、何て言った？」

「自殺してる」

「お姉さん……。何のこと？　今、どこなの！」

姉の様子が普通じゃないと気付いたらしい。智子は、少し大きな声を出した。

「返事して！」

「山神……先生の家」

「山神先生の？」

「奥さんに……謝りたかった……。でも、来てみたら……首を吊《つ》って――」

「お姉さん！」

智子が声を上げた。「今、山神先生の家から？」

「うん……」

「人はいないの？　近くに誰か」

「表に……カメラマンとか」

「出られる？　見られないようにして」

「たぶん……。勝手口があるの。そこから入ったんだけど」

「よく聞いて」

と、智子は言った。「今すぐ、私、一一〇番する。そっちへパトカーと救急車が行くと思うけど、その前にそこを出て！　分った？」

「うん」

「切ったらすぐに出てね。いいわね？」

「分ったわ」

聡子は妹の言葉で、やっと少し立ち直っていた。「奥さんを――下ろした方がいいかしら」

「助かるとは思えないけど――。いいわ、表にＴＶ局の人とか、いるんでしょ。私、どこかのＴＶ局にかけて、中へ入ってもらう。名前言わないから。じゃ、切って。すぐそこを出るのよ」

「うん」

聡子は、智子の落ちつきに、ほとんど感動していると言っても良かった。

電話を切って、明りはそのままに庭へ下りる。中の明りが庭先を照らして、勝手口から出るのは難しくなかった。

塀の間を抜けて通りへ出ると、カメラマンや車が見える。

智子の行動は素早かったようだ。様子を見ていると、すぐに車の中から男が一人、飛び出して来た。

「おい！　通報だ！　中で奥さんが首を吊ってるって」

一瞬の後、ワッと男たちが玄関へ殺到した。古ぼけた玄関など、開けるのは苦もない。男たちが中へ駆け込んで行く。

聡子は、歩き出した。

「早くしろ！」

という声が中から洩《も》れてくる。

家の前を通り過ぎる聡子に注意を向ける者はいなかった。

足を速め、山神の家から遠ざかると、どこからかサイレンが近付いて来るのが、聡子の耳に届いた。

そのとき、初めて気付いた。――涙が、頰《ほお》を伝い落ちていることに。

「――どうかしたの？」

と、帰宅した聡子を見て、母の紀子が言った。

「別に。どうして？」

「顔色が良くないわよ」

「そう？　少し疲れてるの」

と、聡子は言った。

「お帰りなさい」

智子が二階から下りて来る。「——お姉さん、相談があるんだ。待ってたの」

「そう」

智子の気のつかい方が嬉《うれ》しかった。

「何か召し上ります？」

と、やす子が出て来て言った。

「いいわ」

と、聡子は首を振ったが、

「何か食べた方がいいよ」

と、智子は小声で言って、「やす子さん、上の部屋へ持って来て」

「はい。じゃ、食べやすいように、おにぎりにでもしましょうか」

「いいわね」

智子に促されて、聡子は階段を上って行った。

「——大丈夫？」

智子の部屋へ入り、聡子は、カーペットにペタッと座り込んでしまった。

「何とかね……。もう泣くだけ泣いた」

「大変だったね」

智子は何も訊《き》かなかった。好きなＣＤをかけて、聴いている。——聡子は、妹の背中をじっと眺めていた。

いつの間に、この子はこんなに大人になったんだろう？　自分よりずっと落ちついているようにさえ見える。

「――すぐ、救急車も来たわ」

と、聡子は言った。「その前に、カメラマンとか、何人かが家の中へ入ってった」

「助かったかしら」

「さあ……。私が見付けてから、どれくらいたってたか、分らないから」

「そりゃそうだよね。――お姉さん」

「うん？」

「おにぎり来たら、一つちょうだいね」

聡子は、ちょっと呆《あき》れて、それから笑った。

「いいわよ。一つだけね」

二人は顔を見合せた。

やす子が、五分もすると、おにぎりと皿に盛ったおかずを盆にのせて持って来てくれた。

聡子は、とても食欲などないと思っていたが、自分でもびっくりするほど食べた。

智子もおにぎりを二つ食べたし……。ともかく、お互いに、自分たちがまだ若いということを、再確認したようだった。

「――そんなことしたの」

智子は、聡子が由布子と二人で山神の家へ忍び込んだのを聞いて、目を丸くした。

「とんでもないことだったわ」

と、聡子はため息をつく。「そのせいで、奥さんが自殺したとしたら……」

「でも――仕方ないじゃない。もうすんじゃったこと」

と、智子は言った。「じゃ、匿名の手紙出したのも、お姉さんたちね」

聡子はびっくりした。

「どうして知ってるの、そんなこと?」

「私、刑事さんと知り合いになったの」

と、智子が言った。「後でゆっくり話してあげる。ね、その前に、手紙に山神先生の奥さんと、片倉先生の写真が入ってたって……」

「うん。見付けたの。山神先生の部屋で」

「山神先生の部屋? じゃ、写真とったのは、先生?」

「そうでしょ、きっと」

智子は、何やら考え込んでいる。

「――智子。あんたも何か関り合ってるの?」

聡子の言葉に智子は目をそらして、

「ちょっとした好奇心よ」

と、言った。「お風呂、どっちが先に入る?」

18　衝撃の日

ルミは、赤い傘を振り回しながら、表からマンションの中へ入って来た。

目の前に誰か立っている。――女の人だ。

大きな帽子を、少し目深にかぶっているので、顔がよく見えなかった。

ルミは傘を振り回すのをやめた。前に、マンションの人の服に雨の水が飛んでしまったことがあって、おじいちゃんに叱《しか》られたからだ。

まあ、おじいちゃんが怒っても、ルミは大して怖くない。叱るといっても、おじいちゃんは本気でルミをぶったりはしないからだ。

でも、一応ルミも泣いたりするし、やはりそういうことはしたくない。

でも、その女の人は、ルミの前に立って、じっとルミのことを見下ろしていた。

――何だろう、この人？

「今日は」

と、その女の人が言った。

「今日は……」

と、ルミも答えたが、子供の鋭い本能は、この女の人が、ルミに何か言おうとしている——それも、うまくだましてやろうという気持でいる、と教えた。

ルミは警戒心を抱いた。

「ルミちゃんでしょ」

と、女の人は言った。

どうして名前を知ってるんだろう？　ルミはますます不安になった。

「お願いがあるの。その赤い傘、おばちゃんにゆずってくれない？」

傘？　——この傘？

どうしてみんなこの傘をほしがるんだろう？

「ルミのだよ」

と、傘を後ろへ回して隠す。

「知ってるわ。取っちゃおうっていうわけじゃないのよ」

と、女の人は言って——まるで手品みたいに、真新しい、可愛いアニメのキャラクターのついた傘をルミの前に開いて見せた。

「——可愛いでしょ？」

「うん」

と、ルミは肯《うなず》いた。

「よかったらあげるわ。これと、その赤い傘と、とりかえっこしましょ」

その人はルミの方へかがみこんで、言った。

「それならいいでしょ？」

ルミは、もうちょっとで、「ウン」と肯くところだった。でも――おじいちゃんは
当然気が付く。

そして、何て言うだろう？　いつもおじいちゃんは言っている。

「人からものをもらっちゃいけない」

って。

「――ね、いいでしょ？」

女の人がくり返す。

「おじいちゃんに訊《き》いてみる」

と、ルミは答えた。

「そう。――でも、大丈夫よ。こっちの傘の方がずっと高くて、いい傘なのよ。とり
かえても、怒られたりしないわ」

「でも……。それなら、どうしてとりかえるの？」

ルミの言い方が、女の人を苛立《いらだ》たせたようだった。

「そんなこと、ルミちゃんと関係ないでしょ」

と、そっけない言い方になって、「さあ、その傘をちょうだい!」

「いやだ!」

と、ルミは後ずさった。

「じゃあ……。これで、ルミちゃんの好きなものが買えるでしょ」

女の人の手に、千円札があった。

ルミの目が輝いた。おじいちゃんは、ルミに決して「こづかい」を持たせないのだ。

「小さい子供に、金はいらん」

と、いつも言っていた。

ルミは、それがいつも不満だった。友だちは、クミちゃんだってマキちゃんだって、いつも二百円も三百円も持ってて、ジュースとか買ってるのに……。ルミはじっと我慢しなくてはならないのだ。

それが——千円! ルミにとっては、目の回るようなお金だった。

「この傘と、千円。——ね?」

差し出されたお金にルミは手を出そうとした。でも……。

「おじいちゃんに叱られる」

と、ルミは言った。

「見せなきゃいいでしょ。ルミちゃんのお金なんだから」

と、女の人は早口になって、「さあ、その傘をちょうだい」

ルミはまだためらっていた。しかし、新しい傘と千円札の力は大きかった。

そろそろと赤い傘を女の人の方へ差し出そうとすると——。

「どうしたんだ、ルミ？」

受付けのカウンターに、おじいちゃんが出て来たのだ。

ルミはパッと赤い傘を引っ込めると、タタッと駆け出した。

「ただいま！」

と声を上げると、奥へ入って行った。

女は、もうロビーから表に出ていた。

おじいちゃんは、何だかポカンとして、空になったロビーを眺めていた……。


「由布子！」

聡子は、足早に行きかける由布子の後ろ姿に呼びかけた。

「——聡子。どうしたの？」

と、小野由布子は、振り返って言った。

「話があるの」

と、聡子は言った。

「出かけるの。約束があるのよ」

「でも——。見たでしょ、TV？」

由布子は、ちょっと肩をすくめて、

「山神先生の奥さん？　自殺したんですってね」

と、由布子はそっけなく言って、「じゃ、一緒に歩こう。歩きながらでも話せるわ」

聡子は、由布子の口調に、全く知らなかった一面を見たような気がした。

ともかく、一緒に歩き出す。

穏やかな日だった。——聡子の重苦しい気持と正反対だ。

「それで？」

と、由布子は言った。「聡子としては、心が痛むわけね」

「由布子、平気なの？」

「だって、仕方ないでしょ。何も私たちが殺したわけじゃなし」

「でも、あの手紙のせいで——」

由布子は肩をすくめた。

「あれはあれよ。中身は正しかったんだし」

「そうかしら」

由布子はチラッと聡子を見て、

「どういう意味？」

「山神先生が三人も殺したとは思えないわ。それに、片倉先生と山神先生の奥さんが関係があったなんて、想像できない」

「変な人ね」

と、由布子は苦笑した。「あんなに片倉先生の犯人をあばいてやるって、張り切ってたのに」

「そうよ」

「じゃ、何が不満なわけ？」

「由布子」

聡子は足を止め、由布子の腕をつかんだ。

「何よ」

「あなた、片倉先生のことが好きだったんじゃないの？　それなのに、妻子のいる人と恋愛中？」

「いけない？　聡子にそんなこと言われる覚え、ないわよ」

と、由布子が言い返した。

「何か、他に目的があったのね。そうなのね？」

由布子が初めて動揺した。

「私、急ぐの」

と、歩き出す。

「待って！」

聡子は、足どりを速めて並ぶと、「――ゆうべ、私、山神先生の家へ行ったのよ」

「ゆうべ？」

「見付けて知らせたのよ、私が。奥さんが首を吊ってるのを」

由布子は聡子をびっくりしたように見つめた。

「その前、誰かが山神先生の家から出て行ったわ。庭で、すれ違った。暗くて分らなかったけど、誰かがあの勝手口から逃げて行ったの。もしかしたら、奥さんは自殺じゃないのかもしれない」

「それなら、何だっていうの」

「殺されたのかもしれないわ」

由布子は、少し青ざめた顔で聡子を見ていたが、

「――TVの刑事ものの見すぎじゃないの？」

と、笑って言った。

「由布子。あの庭へ勝手口から入れるってこと、誰に聞いたの？」

由布子はカッとした様子で、

「そんなこと、答える必要ないでしょ！」

と言い返した。「放っといて！」

「由布子！」

聡子は追いすがるようにして、「何なの、一体？　あなたの本当の目的は何？」

由布子はキッとなって振り向くと、聡子をにらみつけたが、やがて皮肉っぽい笑みを浮かべると、

「どこまでついて来るの？」

と、言った。

「どこまでって？」

「ベッドの中まで一緒に来る？　これから彼と会うけど」

聡子は真赤になった。

「まさか！」

「そうよね。ちょっとまずいわね。聡子と彼とじゃ」

聡子は、由布子の言い方が気になった。

「どういうこと？」

「だってそうでしょ？　父親と娘じゃ、恋人同士ってわけにはいかないものね」

——聡子は、由布子の言葉の意味が、しばらく分らなかった。

「由布子……」

「じゃ、失礼。私のこと待ってるから。あなたのパパがね」

由布子は足早に行ってしまう。聡子は、ただ呆然《ぼうぜん》と見送って——もう後を追おうとはしなかった。


「もしもし」

智子は、重い口を開いた。

「待ってたよ」

と、山神の声が答えた。「今、どこにいる？」

「——ホテルの前です。公衆電話」

「何だ。じゃ、上って来いよ。せっかくそばまで来てるのに」

智子はためらった。山神がちょっと笑って、

「心配するな。僕の趣味は片倉とは違う。何もしないよ」

と、言った。「部屋は分ってるね？　じゃ、待ってる」

「あの——」

と言いかけて、智子はため息をついた。

もう切れている。

ボックスを出て、ホテルを見上げる。――新しいビジネスホテルで、フロントが無人である。

チェックイン、アウトも自動的に処理をするので、泊り客も顔を見られなくてすむ。

昼間はラブホテル同様の使い方をされている、と聞いたことがあった。

仕方ない。――智子は、ホテルの中へ入って行った。

部屋はすぐに分った。ノックするより早く、ドアが開いた。

「待ってたよ」

山神は智子を促して、中へ入れた。

新しいからきれいだが、泊るだけ、という部屋で、狭い。

「――金は？」

と、山神が言った。

智子は、バッグを開けて、封筒をとり出した。

「これ……」

山神が引ったくるようにして、

「――これだけか」

「十万円あります。私の貯金、おろしたんです」

と、智子は言った。「うちのお金は無理です」

「そうか」

山神は、意外にあっさりと肯いて、「そりゃそうだろうな。じゃ、いただいとくよ」

と、ポケットに金をしまった。

「山神先生……。TV、見てないんですか？」

と、智子は言った。

「自分の顔なんか見たって、面白くもないからね」

「奥さんのことです」

「女房？　久里子がどうかしたのか」

山神はベッドにゴロリと寝た。——服は多少しわになっているが、ひげもちゃんと当ってあり、さっぱりした顔をしていた。

「奥さん……自殺したんですよ」

智子の言葉を聞いても、山神はよく分らないようだった。

「——自殺？　自殺、と言ったのか？」

「そうです。ゆうべ、首を吊って」

山神が起き上る。——笑みが消えている。自信ありげな表情も。

「久里子が——死んだ？」

と、呟《つぶや》くように言った。

「病院へ運ばれましたけど、手遅れで――」

「嘘《うそ》だ！」

突然、山神が大声を出したので、智子はびくっとした。

「いや……。すまん」

山神は、ゆっくりベッドからおりると、「本当なんだな。本当に久里子は死んだんだな」

「本当です」

「そうか……。君がそんな嘘をついても仕方ない。――そうか」

山神は窓辺へ寄って、表へ目をやった。

ショックを受けている。それも少々のことではない。智子は、意外な感じを受けた。

「山神先生……」

と、智子は言った。「奥さんと片倉先生の間に、何かあったんですか」

山神はゆっくりと振り向いた。

「片倉と久里子？　まさか！」

「でも写真が……」

「写真？　何の写真だ」

「二人のです。先生がとったんじゃないんですか」

「馬鹿言うな！　どうしてそんなことするんだ？　もし本当なら、写真なんかとらずに片倉をぶん殴ってやる」

山神の怒りは「本物」だと思えた。そうなると、写真は何だったのだろう？

「その写真を見たのか」

と、山神は、少し落ちついた様子で訊いた。

「いえ……。でも警察へ届いたんです。匿名の手紙と一緒に」

「手紙？」

「先生が片倉先生を殺した、という内容の手紙です」

「そこに、女房と片倉の写真が？」

「ええ。同封してあったそうです」

山神は、何を考えているのか、狭い部屋の中を歩き回った。

智子は、山神が本当に写真のことを知らなかったのだと思った。しかし、姉と小野由布子が、写真を山神の部屋で見付けているのである。

どういうことなのだろう？

山神は、急に足を止めると、

「僕は出かける」

と、言った。「君、ここにいてくれないか」

「私が？　どうしてですか」

「誰かにいてほしいんだ。証人としてね」

山神の口調は真剣そのものだった。

19　待ち伏せ

何もここにいる必要はない。

そうだわ。——智子は、狭苦しいビジネスホテルの一室に、もう三十分以上、一人で座っていた。

山神の借りた部屋である。智子は、いつでも出て行こうと思えば出て行けたのだ。

別に智子は縛られているわけでもないし、ここを出たら捕まってしまうということもない。それでも、山神に言われるままにこの部屋に残っていたのは、智子が片倉教授を殺したことを、山神が知っているから。それだけのためなのである。

山神はどこへ行ったのだろう？　智子をここに残して、どうするつもりなのだろう？　——分らないことが、智子を怯《おび》えさせた。

と、カチャッとロックの開く音。

ギクリとして振り向くと、山神が入って来た。

「やあ、ちゃんとおとなしくしてたか」

と、山神は言った。「いい子だ」

「もう帰らせて」

と、智子は言った。「先生がここにいることは、誰にも言いません」

山神は、出て行ったときとどこか様子が違っていた。智子がここへ来たときの、どこか投げやりな様子。妻の死を聞いたときに、この狭い部屋を歩き回っていた様子。どっちとも違う。

「そうか。――そうだろう」

と、山神は肯《うなず》いた。「君は真面目な子だ。たとえ悪魔との約束でも、ちゃんと守る子だな。しかし、悪魔の約束なんてあてにならないぜ。〈マクベス〉のようにね」

智子は、〈マクベス〉と聞いて、ふと思い出した。

「山神先生、なぜあのときに〈マクベス〉のセリフを口にしたんですか」

「何のことだね？」

憶えていないのだろうか。――智子が、あのホテルで田代百合子の死体を発見したときのことを話すと、

「僕がそう言ったのか。『眠りを殺した。もう眠れん』と」

「そうです。これ、〈マクベス〉のセリフでしょう。マクベスが王を殺したときの？」

「そう。その通りだ」

山神は窓の方へ歩いて行って、表を眺めた。「マクベスは野心に負けた。――血まみれの王の死体。その血が、良心のようにマクベスにつきまとって、離れなかったんだ」

山神は智子の方を振り向いた。

「きっと、クスリで混乱していても、あの子の血だらけの死体を見ていたんだろうね。そして〈マクベス〉の一場面を思い出した」

山神は、ちょっと笑って、「君はどうだ？　片倉のことを思い出すかね」

智子は、つい目をそらしていた。

「あれは……片倉先生が悪いんです」

「そうだ。しかしね、人の命を奪うというのは、それ以外のこととは全然別だ。たとえ正当防衛でも。――今はそうでもないかもしれないが、君も後になって『眠れなくなる』かもしれないね。眠りを殺したんだよ、君は。片倉を殺したときに」

山神は面白がってでもいるように言った。

「――もう、帰ります」

と、智子はしっかり山神を見つめて言った。「うちで心配しますから」

「心配ならもうしているかもしれないよ」

「どういう意味ですか」

「君はここから出て行かない。君は『人質』だからな」

山神の目は笑っていない。智子はゾッとして、足がすくんだ。ドアに目をやると、

「逃げようとするな」

山神が早口に言った。「やめてくれ。君のことを殴ったりしたくない。君のことを僕は気に入ってるんだ。本当だ」

山神はドアの方へ歩いて行くと、チェーンをカチャッと音をたててかけた。

「頼むよ、おとなしくしてくれ。――君は片倉にやられなかったんだろう？　ということは、まだ男を知らない。そうだね」

「何のこと……」

「君を力ずくでおとなしくさせようとすれば、僕も男だ。君をものにしたくなるかもしれない。――そんなことはしたくない。おとなしく、言われた通りにするんだ」

山神に追い詰められて、智子は壁に背後をふさがれた。

膝が震える。――どうなるんだろう？　ああ神様！

「そうだ。おとなしくしろ。さあ」

山神は上着《うわぎ》のポケットからロープをとり出した。「手を出すんだ」

「いやです……。やめて」

「殴っておいて、縛ることもできる。どっちがいい？」

智子は、目を閉じた。猫ににらまれたネズミのように、震えていることしかできない。

そして、智子は両手を合せて、そろそろと山神の方へ差し出した……。


ルルル。――ルルル。

呼出し音が聞こえる。数秒ののち、相手が出た。

「もしもし」

父の声だ。智子は、

「お父さん。私――」

と言いかけた。

「智子！　大丈夫か？　どこにいる？」

山神がパッと受話器を智子から離して、

「小西さん。ちゃんと聞いたね？　間違いなく、娘さんは預かってるよ」

と、言った。「――ああ、心配するな。手荒なことはしちゃいない」

智子は両手首をしっかりと縛り合され、冷暖房の太いパイプにつながれていた。自
分の力でこれを解くのは不可能だ。

「――分ってるはずだよ、あんたには」

と、山神は言った。「いいかい。俺はうまくはめられて追われてる。まずそっちのけりを、ちゃんとつけてもらわなくちゃね」

チラッと智子の方を見る。

「――いいだろう。――分った。いいかい、妙なまねはしないでくれよ」

山神は、そう言って、智子に受話器を当ててやった。「何か言いたいことがあれば、言いな」

「お父さん……」

「智子。心配するな。ちゃんと助け出すからな」

「うん。私は何もされてないわ。大丈夫」

また山神が代って、

「じゃあ、後で会おう」

と言うと、電話を切った。

智子は、ゆっくりと息をついた。――山神は、カーテンを閉めると、明りを点けた。

沈黙の中で、智子は問いかけたい言葉を、のみ込んだ。知りたくない、とも思いつつ知りたかった。

分ってるはずだ、あんたには……。

山神の言葉が、まだ耳の中で響いていた。

さ」

山神の言い方は、思いがけずやさしかった。「いずれ分る。急いで知ることもない

「何も訊《き》くな」

「山神先生……」

山神はちょっと笑った。

「まだ『先生』をつけてくれるのかい」

「先生。――何をするつもりなの？　恐ろしいこと？　やめて下さい。これ以上

……」

「三人が死んだ。いや、久里子を入れれば四人……。久里子も殺されたようなもん

だ」

山神は小さなベッドに腰をかけて、智子を見下ろした。「なあ。――君も、とんで

もない春休みになったもんだね。しかし、君をどうこうするつもりはない。人質の役

さえ、つとめてもらえばね」

父が……。父が何をしたのか。

訊きたかったが、恐ろしかった。――あの田代百合子をホテルへやったのが父であ

ることを考えれば、父が何か係わり合っていたことは察しがつく。そして、片倉の死

を聞いたときのあの驚きようも……。

しかし、訊くのが恐ろしかった。もし、自分が想像しているようなことだったら……。

「じゃ、僕は出かける。――トイレは大丈夫？」

智子は黙って肯いた。

「おとなしくしててくれ。いいね」

山神は、念を押すと、部屋から出て行った。

智子は、パイプに手首の縄を結びつけられてはいたが、声も出せるし、その気になれば、人が廊下を通りかかったとき、助けを求めることもできた。

山神もそれは分っていただろう。

その上で、智子を残して行ったのだ。

――真実を知りたかった。怖くはあるが、いずれ知らずにいられないのだ。

山神の話の通りなら、片倉は女子大生を、各界の有力者にとりもっていたのだ。その中に父、小西邦和の名があることは、たぶん間違いないだろう。

しかし、それと田代百合子の死がどう結びつくのか。そして三井良子が殺されたことは？

智子には見当もつかなかった。――山神は父に会いに行ったのだろうか？　どんな答えを持って帰るだろうか。

やがて時刻はほの暗く黄昏《たそが》れてくるころだった……。

夜が訪れて、何時間か過ぎた。

縛られた手首が痛んだが、動かすと却ってひどくなるので、我慢した。

トラベルウォッチがナイトテーブルにのせてある。時刻を見ると、もうすぐ八時か……。まるで丸三日も夜だったような気さえする。

山神と父との話はどうなったのだろう？

父は身代金でも払うつもりなのか。山神の要求は、お金だけではあるまい。いや、もし山神が犯人でないのなら、逃げ回る必要もないわけで、特に金を要求する理由もない。

こんな目に遭わされているというのに、なぜか智子は山神の言葉を信じている自分に気付いた。なぜだろう？

すると——廊下に足音がした。

このドアの前だ。山神が戻ったのだろうか？

しかし、それにしては、鍵を開けるのに少し手間どっていた。——やっとドアが開いて、廊下の明りが中へ射し込んだ。

男のシルエットが浮かび、同時に智子はまぶしくて目をそらした。

「良かった！　無事かい？」

ドアが閉り、明りが点くと、思いがけない人間が立っていたのだ。

「内田さん！」

内田三男が、智子のそばへ来てかがみ込む。

「ひどいな……。今、ロープを切る」

内田が登山ナイフを手に、智子の手首の縄を切る。しびれた手は、血が再び巡り始めると、チリチリと表面が刺されるように痛んだ。

「自由に動かない」

と、智子は両手を開いたり閉じたりして言った。

「けがしてないか？」

と、内田が訊いた。

「ええ……。手首がこすれただけ。でも、どうしてここが？」

「話は後だ。——さ、立てる？」

「何とか……」

ずっと床に座り込んでいたせいで、腰が痛い。何だか年寄りみたいだわ、と苦笑した。

「山神が戻らない内に出よう」

と、内田が言って、智子の手をとった。

「ええ……」

内田はドアを開けようとして、

「待って。――足音だ」

と、低い声で言うと、覗《のぞ》き穴に目を当て、舌打ちした。「戻って来た」

「どうしたらいい？」

内田は一瞬、迷っている様子だったが、

「僕に任せろ。――君、バスルームへ隠れて。早く！」

智子はバスルームへ入って、ドアを閉めた。もちろん明りを点けないと真暗である。

山神が帰ってくる。内田が待ち構えている。

――内田は若い。山神はたぶんかなわないだろう。

しかし、智子はなぜか不安だった。どこかが間違っている、という気がした。

そっと、バスルームのドアを細く開け、目を当てて覗くと、ちょうど入口の辺りが目に入った。

内田が、ドアのわきの壁に体をピタリとつけて、息を殺している。部屋は暗いが、ベッドのフットライトが点いていて、その光がドアの周囲をうっすらと照らしていた。

暗がりで目が慣れているせいだろう。智子の目は内田が緊張している表情を、見ることができた。

足音が部屋の前で止る。鍵をさし込む音。そしてドアのノブが回る。

智子は、内田の右手に白いものが――智子の手首のロープを切ったナイフが握られているのを見た。

ドアが開く。

「戻ったよ」

と、山神が言って、手で明りのスイッチを探る。

カチッという音。部屋が明るくなる。

山神が、切られて床に落ちているロープに目を止めた。息をのんで後ろ手にドアを閉め、智子を縛っておいた場所へと歩いて来る。

内田がナイフを手に山神の背後へ迫ると、刃を一旦自分の脇腹まで引く。山神は全く気付いていない。

ほんの数秒間の出来事――。

「いけない！」

智子は、我知らず叫んでいた。「先生、危い！」

内田にとっては、思ってもみないことだったろう。ナイフを持つ手が止った。

山神が、振り向きざま、内田へ体ごとぶつかって行った。智子は思わず両手で目を覆《おお》った。二人がもつれ合って床に転がる音。

やめて。――やめて、もうやめて！

固く目を閉じ、両手で耳をふさいで、智子は強く首を振った。

何秒か。何十秒か。

肩に手が触れるのを感じた。目を開けると、山神が、服は裂《さ》け、口の端から血を出して、ひどい状態で息を弾ませている。

「先生……」

智子はやっと両手を耳から離した。

内田が床に倒れて、動かない。

「――殺したの？」

「いや、気を失ってるだけだろう」

と、肩で息をして、「僕は見かけほど弱かないんだ」

と、言った。

「しかし……どうして僕を助けたりしたんだ？」

「よく……分りません」

智子は、考えたくなかった。分っていても、言いたくなかった。

何て馬鹿なことをしたのだろう。せっかく助け出してくれるところだったのに。内田が、もしかしたら殺されていたかもしれないのだ。

しかし——智子は、内田がナイフを手に山神の背後に近付いていくのを見て、直感的に悟ったのである。内田は初めから山神を殺そうとしていたのだと。

そして、そのときの内田の表情は、智子に三井良子のことを語ってくれたときのそれとは別人のように、無表情で、冷ややかだったのである。

おそらく、内田は智子が信じていたような青年ではないのだ。そう直感したとき、智子は思わず声を上げていたのである。

「山神先生」

と、智子は真直ぐに山神を見つめて言った。「本当に、人を殺していないんですね」

「僕が？　——やっていない、と言っても、それが本当かどうか君には分らないよ」

「本当なら本当と言って！　信じますから」

智子の激しい口調に、山神は当惑した様子だったが、やがてゆっくりと肯いた。

「君に嘘《うそ》はつかない、命の恩人だからな」

と、ちょっと息をついて、「僕は一人も殺しちゃいない」

「分りました」

と、智子は肯いた。「じゃ、本当のことを教えて。それがどんなに聞いて辛《つら》いことでも、知らないで苦しんでいるよりましです」

「──そうか」

山神は、少し間を置いて言った。「じゃあ、一緒に来てくれるか」

智子は、「自分を誘拐《ゆうかい》した殺人容疑者」と、行動を共にすることになったのだった。

20　告　白

門を開けて中へ入ると、玄関まで行かない内に、母が飛び出して来て、聡子をびっくりさせた。

「お母さん、どうしたの？」

「聡子！　どこに行ってたの、今ごろまで」

母の様子は普通じゃなかった。

「今ごろまでって……。そんなに遅い時間じゃないでしょ」

少し酔っていた。それでも、夜っぴて飲み明すとか、見も知らぬ男とどこかへ泊ってしまう、といった無茶はできない。そんな自分が哀れでもあった。

「あなた、智子が――」

「智子？」

聡子は、玄関の外に父が立っているのを目に止めた。

「ともかく、入れ」

と、小西邦和は言った。「中で話そう」

聡子は、上って、居間に入って行った。

両親が、固くこわばった表情で、互いに目をそらしている。——一瞬、聡子は父と小野由布子の関係が母に分ったのか、と思った。しかし、妹のことがどうして出てくるのだろう？

「——座れ」

と、小西が言った。

「智子がどうかしたの」

「さらわれたのよ」

と言うと、母の紀子が口を手で押える。

「泣くな。——どうにもならん、そんなにとり乱しても」

聡子が唖然《あぜん》として、

「さらわれたって……。誘拐？　身代金目当て？」

「もっと悪い。山神完一が智子をどこかに監禁している」

「山神——」

聡子は絶句した。なぜ、智子を山神が？

「あの人でなし！」

と、紀子が震える声で、「もし智子に何かしようものなら……」

「落ちつけ。向うの要求通りにするんだ。今はそれしかない」

聡子はじっと父を見つめていた。——由布子と寝て来たんでしょ？　どうだった？

そう訊《き》いてやりたい。しかし、もちろん智子の身は心配だった。

「でも、山神先生——山神は、何人も女の子を殺してるのよ。片倉先生も！」

「うむ……。ともかく、任せろ。会えば何とか話をつけられる」

と、小西は自分へ言い聞かせるように言った。

「旦那様」

と、やす子が顔を出す。「お出かけになりますか」

「ああ。少し早いが、もし道が混んでいるとな。出ようか」

「どこへ？」

と聡子が訊く。

「金を渡す。山神がそう請求して来ている。大金じゃないが、とりあえずの逃走資金だろう」

と、小西が腰を浮かす。

そのとき、電話が鳴り出した。小西がギクリとする。

「——はい。——そうだ。——何だって？　しかし……」

小西が聡子の方を見た。「――待ってくれ」

送話口を押えると、

「聡子、山神からだ。お前に金を持って来させろと言ってる」

聡子は立ち上った。

「行くわ」

紀子が何か言いたげにしたが、結局、口をつぐんだ。

「――分った。聡子に行かせる。――いいな、娘を無事に返せ。警察には届けん」

小西の言葉にも、いつものような自信はなかった。聡子はじっと父の背中を見つめていた。

「聡子。お前――」

「大丈夫よ。どこへ持って行けばいいの？」

と、聡子は訊いた。

「お前のよく知ってる場所だ」

と、小西が息をついて、「N女子大の中だそうだ」

月明りが、聡子のポルシェを照らし出した。

いつも見慣れている場所が、まるで別世界のようで、聡子は車を入れるのに少し迷ったくらいだった。幸い、大学の表にも駐車場があり、そこへ入れた。もちろん、車は学内へ入れないはずだ。

聡子は現金を入れたバッグを手にポルシェから降りた。——山神の指定は、学内の校門近くにある電話ボックスである。

時間に少し余裕があるので、聡子はゆっくりと歩いて行った。

休みとはいえ、通信教育の学生が通ってくるし、教授たちはあれこれ仕事もある。もうこんな夜中には誰も残っていないだろうが……。

聡子は、不思議にあまり緊張を覚えてはいなかった。山神が女子学生を殺したとはとても思えない。——むしろ山神の口から、真実を聞きたい、と思った。

〈通用口〉は、思った通り開いていた。たぶん山神が開けておいたのだろう。

電話ボックスはすぐに見付かった。指定の時間には十五分ほどあるが、ともかく何かメモでもないかと扉を開けてみた。

ここへ山神が来るのだろうか？　それとも——。突然、電話が鳴り出したので、聡子は飛び上るほど仰天した。

「——はい」

と、受話器を取ると、

「やあ。ご苦労さん」

山神の、穏やかな声が聞こえて来た。「持って来てくれたか」

「はい」

「じゃ、第3校舎の視聴覚教室を知ってるね」

「ええと……。あ、分ります」

「そのはずだ。そこへ来てくれ」

プツッと電話が切れる。

第3校舎か……。外へ出て、聡子は肯《うなず》いた。第3校舎は、大分離れているものの、ここから真直ぐに見通せる。たぶん、山神はこのボックスに聡子が入るのを、見ていたのだろう。

無人のキャンパスの中を、月明りに照らされて歩いて行くと、やっと心臓が高鳴ってくるのを感じる。——智子の身が心配だった。山神に何かされていないだろうか。

第3校舎へ入ると、常夜灯だけの薄暗い廊下を、静かに歩いて行く。自分の靴音が異様に大きく響いて、聡子を脅《おど》かした。

視聴覚教室は一階の一番奥にある。二百人以上入る、広い部屋で、マイクを使った講義に利用される。ビデオを見たり、テープを聞いたりすることもあって、後方に調整室がある。

ドアの前まで来て、聡子はガラス窓から中を覗《のぞ》き込んだ。——暗い。

ともかく、入るしかない。

聡子はドアを開けて、中へ入った。

「来たね」

と、山神の声が空っぽの教室に大きく響いて、聡子は声を上げそうになった。

そうか。スピーカーを通して、しゃべっているのだ。

「少しヴォリュームを下げよう」

山神の声はやや落ちついた。「どこでもいい。好きな席へ座ってくれ」

「このお金は……」

と、聡子は見回しながら言った。

「金か。——そんなものほしくもないさ」

と、山神は笑った。「座って。待とうじゃないか」

「待つって……。何をです？」

山神は答えなかった。聡子は、出入口のドアに近い席に腰をおろす。

「お姉さん」

智子の声がした。

「智子！　大丈夫なの？」

「心配しないで。私は何ともないわ」

と、智子の声が教室の中に響く。

「智子。あんたどこに――」

「聞いて」

と、智子は言った。「片倉先生を殺したのは、私なの」

聡子は、言葉を失って、ただじっと座っていた。智子の説明が聞こえてはいたが、分っているのかどうか、自分でもはっきりしない。

「――どうしても、届ける気になれなかったのよ」

と、智子は言った。「分った？　山神先生は、片倉先生を殺しちゃいないわ」

「智子……。私――」

「お姉さん。話して。お姉さんが何をしたのか。ね。勇気を出して」

聡子は、深々と息をついた。

「そのつもりだったの。――山神先生にお詫《わ》びしなきゃいけない、と思って、ここへ来たのよ」

辛《つら》かったが、聡子は小野由布子と二人で山神の家へ忍びこんだことを、告白した。

「そこで、家内と片倉の写真を見付けた？」

と、山神の声がした。「僕はそんなものとってない。おかしいよ」

「見付けたのは由布子――小野さんです。――待って！」

と、聡子はハッとして、「そうだわ……。きっと由布子、自分で写真を持ち込んだんだ。そして、あそこで見付けたと言って、私に見せたんだわ」

「お姉さん……。でも、どうして小野さんがそんなことするの？」

「私、聞いたの。——由布子はね、お父さんの愛人なのよ」

少し間があって、

「なるほどね」

と、山神が呟《つぶや》くように言った。「そういうことか」

「山神先生。何が真実だったんですか？　教えて下さい」

と、聡子が訴えるように、言った。

「当人から聞くことだね。ちょうどおいでのようだ」

ドアの外に足音がして、パッと開くと、まぶしい光が聡子を照らした。

「聡子！　奴《やつ》はどこだ！」

「お父さん——」

「明りを点けろ。早くしろ」

と、小西が誰かに言っている。

「点きませんわ」

返事の声は——やす子だった。

「むだだ」

と、山神の声が言った。「照明の線を切ってあるよ。——小西さん。私はね、この教室の中にはいない」

「何だと？」

「ワイヤレスのマイクでしゃべっているんだ。そこの装置を通して、お互い、声は聞こえてる。こっちはＦＭラジオで受信している。捜してもむだだ」

小西が、荒く息をついた。

「どうしますか」

と、やす子が言った。

「——小西さん。お宅の娘さんは預っている。娘さんに、本当は何が起ったのか、話してあげるべきじゃないかね」

「智子に手を出すな！」

「出しちゃいない。私はね、あんたや片倉とは違う。女子学生に手を出して、大金を出すような真似はしてないよ」

小西は薄暗い空間をにらみつけていた。

「——聞かせてあげよう」

と、山神は言った。「片倉は、自分がこれと目をつけた女子学生を、もちろん小づかい稼ぎにもなる、というので、あちこちのお偉方に世話していた。頭のいい片倉は、手数料なんか取らないから、そういう女子学生は結構いいバイトと喜んでいたし、一方、VIPの秘密を握っている片倉には、何かとうまい話が舞い込んだ。片倉があんな大物になれたのも、そのおかげだ。そして——小西さん。あんたも世話してもらった一人、というわけだ」

小西は、ゆっくりと椅子の一つに無言で座った。

「私は、片倉のやっていることを、うすうす気付いてた。しかし、たとえ告発したところで、もみ消されたろうね。——そのまま行けば、大した騒ぎにゃならなかったろう。他の教授連中や、高校、中学の先生たちの中にも、片倉に手を貸しているのがいたらしいしね。しかし、私は関心がなかった。もちろん、片倉のおかげでこっちがいつまでも助教授のままってことには頭に来てたがね……」

と、山神は、ちょっと笑った。「ところが、とんでもないことが起きた。片倉が殺された。あんたたちはあわてた。警察が片倉の〈副業〉を探り当てたら、それにズルズルとつながって、あんたたちの名前が出ないとも限らない。殺人事件となると、もみ消すってわけにゃいかないしね」

小西はじっと身動きせずに座っている。

「そこで考えたんだ。ともかく早く犯人が捕まること。それも全く別の事情でね。そうすりゃ、女子学生たちの件はばれずにすむだろう。――そこで白羽の矢が私に立った、ってわけだ。教授になれなかったので、片倉を恨《うら》んでる。それを動機にして、犯人に仕立ててやろう、ってね」

「お父さん……」

と、聡子が言った。「お父さんと由布子とのこと、知ってるわ。お父さんがやらせたの?」

「違う」

と、小西は首を振った。「確かに――小野由布子とは、そういう仲だ。しかし、山神を犯人に仕立てようとしたのは、私じゃない」

そうだ。父が片倉の死を聞いてびっくりしたのは、由布子の話が出た後のことだ。

「――私は海外へ行っていることが多い。その間に、由布子は片倉の紹介で、ある財界の大物と付合っていた。そしてその男に頼まれて、ある政治家と……。もしスキャンダルになれば命とりになってしまう。その男が、由布子に誰か犯人に仕立てられる人間はいないか、と訊いた。そして……」

「あんたに責任がないとは言わせない」

と、山神が言った。「女房は、そのせいで死んだんだ!」

「それは……悪いことをしたと思ってる」

小西の声はしわがれていた。

「お父さん、三井良子を殺したのは誰なの？」

と、智子の声が響いた。「そして田代百合子も。——まさか、お父さんがやらせたんじゃないわよね」

「違う。信じてくれ。私はただのビジネスマンだ。そんなことまで……。それは知らない方がいい！」

「そうはいかんね」

と、山神が言った。「私はね、人殺しの汚名をきて、一生逃げ回るのはごめんさ、いくら金をもらってもね。はっきりと言ってもらおう」

「私には……分るわ」

と、智子が言った。「内田三男。——そうでしょ？　お父さんも知ってたんでしょ。田代百合子さんをあのホテルの部屋へ行かせたのは、お父さんだもの」

小西は額の汗を拭った。

「智子……。私は——」

「言って！　そうなんでしょ」

小西は深々と息をついた。そして、

「——その政治家が、ある男にもみ消しを依頼したんだ」

と、言葉を押し出すようにして、「三井良子は、父親が片倉の紹介で田代百合子と関係を持っていたことを知っていた。あんな風になったのも無理はない。しかし、三井良子は、別に片倉のことを告発する気じゃなかったろう。ところが、あの男が――内田という若い男だ。暴力団絡みの組織で、もて余し気味だった男らしい。荒っぽい仕事には向いてるというので、もみ消しのためにのり出して来た……」

「何も殺さなくても良かったのに！」

と、智子が叫ぶように言った。

「三井良子に近付いて話している内に、彼女が父親のことを許さない、と怒るのを聞いて、黙らせた方がいい、と思ったんだ。人を殺すなんてことは、気にもしない男だ」

「じゃあ、田代百合子さんも？」

「山神を犯人に仕立て上げる決定的なものが必要だったんだ。――しかし、まさかあの子を殺すとは思わなかった。山神をおびき出して、麻薬を射《う》たせ、それで逮捕させる、という話だったんだ。ところが……」

と、小西は絶句した。

「――お父さんがやったのも同じよ」

智子の声がした。「そうでしょう。内田がどんな男か知ってて、田代百合子さんを

――」

「いや、そのときには知らなかったんだ！　信じてくれ、智子」

と、小西は訴えるように言った。

智子の声が――笑い声が、ガランとした教室の中に響く。

「智子……」

「仲のいい父と子ね……親も娘も、人殺しなんだ！」

「智子。何のことだ？」

「いけません！」

と、突然やす子が割って入った。「智子さん、言ってはいけません！」

そのときだった。

「ワーッ！」

と、山神の叫び声が聞こえた。「畜生！　こんな――」

「やめて！　何なの？　――、ああ、お姉さん！　来て！　早く！」

智子の甲《かん》高い声。

「どこなの？　智子！　智子！」

「校舎の裏！　窓から来て！」

智子がそう叫んで――ピーッという雑音がすべてを消してしまった。

聡子が窓へと駆け出す。小西も娘の後を追って、机につまずきながら走り出していた。


「――憶えていません」

と、智子は言った。「何だか……。気が付いたら、山神先生が地面に倒れていて、私、そばに立っていて……」

「落ちついて。君は人質にされていたんだ。神経が参っても仕方ない」

と、草刈刑事は言った。

キャンパスは、今、パトカーや救急車、そして駆け回る警官たちで、あわただしい雰囲気になっていた。

「お母さんがいるよ」

と、草刈刑事は智子の肩を叩《たた》いて言った。

「行ってもいいんですか？」

「ああ、もちろん。また少し落ちついてから、話を聞かせてもらおう」

パトカーのわきに、父と母、そして姉の聡子も待っていた。

「――智子。大丈夫？」

紀子が娘を抱きしめる。「あなたにとんでもない思いをさせて……」

「お母さん」

智子は、涙がこぼれるに任せていた。

「智子……」

と、聡子が低い声で言った。「誰が山神先生を刺したの?」

「分らないの。暗い中だもの。突然刺されて、ナイフがパタッと落ちて、逃げて行く足音がした」

と、智子は言った。「先生――死ぬ?」

「とても無理だろうって、救急車の人が言ってたよ」

「そう……」

智子は肯いた。紀子が娘の肩を抱いた。

「智子。――お父さんのことを許してあげて。もし、本当のことが全部明るみに出たら、お父さんだけじゃない。大勢の人が、家庭も何も破壊されてしまう。ね? お父さんだって、会社も辞めて、仕事もできなくなるわ。そうでしょ?」

「お母さん……」

「山神先生は気の毒だったけど、でも、あの先生のやったことにしておけば、うまく行くわ。――ね、そうしましょう」

「良子のことも? 田代百合子のことも? 山神先生の奥さんのことも?」

「智子……」

智子は父を見た。小西邦和は、ちょっと目を伏せて言った。

「お前がいいと思うようにしなさい」

智子は、姉と目を見交わした。

父が事件に係わっていたと知れたら、母も姉も、人生のすべてが狂ってしまう。しかし、良心をごまかすことはできるだろうか？

他の人にはできても、私は――私は――。

智子は、ゆっくりと、山神が刺された現場へと目をやった。そして、草刈刑事の方へと、しっかりした足どりで歩いて行った。

「――どうした？　パトカーで家へ送らせようか」

と、草刈が言った。

「刑事さん」

と、智子は言った。「私、お話ししなきゃいけないことがあるんです」

「何かな？」

智子は、真直ぐに草刈を見て言った。

「片倉先生を殺したのは、私です」

エピローグ

「智子さん」

と、やす子の声がした。「入ってもいいですか」

「ええ」

智子は、本から顔を上げて、ケーキと紅茶の盆を手に入って来るやす子を見た。

「おやつの時間ですよ」

「太っちゃうな」

と、智子は笑った。「ありがとう。——おいしそう」

智子はベッドに座ると、ケーキの皿を手にとって、食べ始めた。

「退屈ですね」

と、やす子が言った。

「そうね。——でも、これじゃ、ちっとも罰になってない」

「何も悪いことされてないんですから」

と、やす子は言った。「本当は停学だって厳しすぎるくらいですよ」

「仕方がないよ。人を殺したんだもの」

と、智子は言った。「本当は留置場か何かに入れられて、やす子さんに差し入れに来てもらおうとか思ってたのに」

「変なこと、楽しみにしないで下さい」

と、やす子は苦笑した。

——智子は、一応取り調べは受けたものの、「逃亡のおそれなし」ということで、家へ帰された。

もちろん、裁判が待っているが、父は、これ以上望めないくらいの弁護士を頼んで、必ず正当防衛を認めさせる、と張り切っている。しかし、一応事件が事件であり、学校側としては、智子を二週間の停学処分にした。

もっとも、友だちは、

「休めていいな」

などと呑気《のんき》なことを言っている。

智子の気持は、決して晴れなかった。自分がしたことだけは、告白した。しかし、結局、他のことについては、黙っていたのである。

——山神がただ殴って気絶させたつもりでいた内田も、実は頭を打って死んでいたのだ。

山神も死んでしまった今となっては、結局問題は「死者の名誉」だけということになってしまった。

「やす子さん……」

と、智子は言った。「あのとき、どうしてお父さんについて来たの？　それに——」

「察しがつきません？」

と、やす子は微笑《ほほえ》んで、「もともと、旦那様とは男と女の仲だったんですよ」

「やす子さんが？」

「でも、こちらで働くようになってから、お嬢さんたちのことが気になって……。結局、ただのお手伝いということにしたんです」

「でも——知ってたんでしょ、私が……」

「片倉って先生を殺したことですか？　はっきりしたことは分りませんでしたけど、何かあったな、ってことは分りました。あのマンションに行って、智子さんの赤い傘を見付けたんで、気が付いたんです」

「でも片倉先生のことをどうして？」

「聡子さんと話してらっしゃる様子を見れば見当がつきます。でも、あの赤い傘を何とか取り戻したかったんですけど、うまくいかなくて」

と、首を振った。「あれがなきゃ、智子さんがやったという証拠はないんですものね」

「自分でしたことの責任は取らなくちゃ」

と、智子は言った。「他の人は取らなくても、私はちゃんと取っておきたいの」

「偉いですね」

「そうじゃないわ」

ケーキを食べ終えて、皿を盆に戻す。「おいしかった。——私はね、眠りを殺したくなかったの」

「何です？」

と、やす子がキョトンとしている。

「いいの」

と、首を振る。

「あら、チャイムが——。奥様もお出かけですものね」

と、出て行こうとするやす子へ、

「仲代さん」

と、智子は呼びかけた。「——今度から、こう呼んでいい？」

やす子——いや、岡崎伸代は、ちょっと笑って、足早に出て行った。

智子が、紅茶をすすりながら机に向っていると、

「珍しく勉強してる？」

「――こずえ！」

堀内こずえが、いたずらっぽく笑って、

「却って学校より勉強が進むんじゃない？」

「入ってよ。どうしたの？　早いね」

「午後、自習。で、みんなさっさと帰って来た」

こずえは、ブレザー姿で入って来ると、「大学って、暇《ひま》ね」

と、カーペットに腰をおろした。

「智子、二週間くらい来なくても、ちっとも困んないよ、きっと」

「そうだといいけど。――裁判とかになると、また休むからね。少しはやっとかないと、勉強」

やす子が、もう一つ紅茶を運んで来てくれて、二人は、しばらく大学の話で時間を過した。

「――で、何もかも片付いたの？」

と、こずえが言った。

「片付きそうね。でも、分んないことが色々あるの」

と、智子は言った。「山神先生の奥さんも自殺かどうか。内田が殺したのかもしれない。それに、大体、山神先生を殺したのが誰なのか、分ってないのよ。私、内田かと思ってたんだけど……」

「でも、死んでたんでしょ」

「そうなの。——結局分らずじまいかなあ」

と、智子はカーペットにゴロッと横になった。

山神の妻と片倉の写真をとったのは、女子大の学生で、自分もホテルから出るとき、偶然見かけてシャッターを切ったものだった。それを小野由布子が知っていて、借りて利用したのである。

いずれにせよ、山神久里子と片倉の間に何かあったとしても、せいぜい一、二度のことだったろう。山神は全く気付いていなかったのだ。

「でもさ——」

と、智子が言った。「世の中には、人を殺して、誰にも分らずに暮してる人もいるんだね」

「そうだね」

と、こずえが肯《うなず》く。「考えてみると、怖いね」

「うん……。でも、そういう人も、逃げられるわけじゃないのよ。警察には捕まらなくても、自分の中にあるものからは逃げられないんだから」

「良心、ってこと？」

「ちょっと違うかな」

と、智子は首を振って、「似てるけど、少し違う。正しいと思って殺したりさ、正当防衛とか、戦争とかで人を殺しても、必ず、残るものがあると思う。――『眠りを殺す』ってことね、要するに」

しばらくして、こずえが言った。

「眠れないこと、ある？」

「私？ そうね。日がたって、今になってから何だか……。思い出すの。片倉先生殴ったときの手応えとか……。あれは一生忘れない」

こずえは、紅茶をゆっくりと飲み干すと、

「この前、ここに泊めてもらったでしょ」

と、言った。

「うん。それがどうかした？」

「送ってもらって、駅前で別れて……。私、智子に返すものがあったの、思い出して、こっちへ戻りかけたの。そしたら、智子と山神先生が目の前を歩いてて……。二人が公園でしゃべってるの、聞いちゃった」

智子は起き上った。

「こずえ……」

「それから、山神先生の後をつけてね、あのホテルも突き止めた」

こずえは、じっと明るい窓へ目をやって、続けた。「うちのお父さん——片倉先生の例の仕事、手伝ってたのよね」

智子は、啞然《あぜん》とした。中学校の教師でも手を貸しているのがいた、という山神の言葉を思い出す。

「じゃ……内田三男があのホテルへ来たのは——」

「私がお父さんに話したから」

と、こずえは言った。「だって、教師がそんなことでクビになったら、二度と働けないでしょ」

「そりゃそうだけど……」

「山神先生と智子のこと、ずっとホテルから尾《つ》けてたの、私。視聴覚教室の外で、話も全部聞いたわ」

「こずえ……。まさか——」

と言ったきり智子は動かなかった。

「そう。私が山神先生を刺したの」

こずえは、智子を挑むように見つめて、言った。「でも、私、眠ってみせるわ。いつまでも平和に」

——智子の部屋に沈黙が落ちて、それはいつまでも続いていた。

この作品は1995年2月角川文庫より刊行されました。
なお、本作品はフィクションであり実在の個人・団体などとは一切関係がありません。

徳間文庫

眠《ねむ》りを殺《ころ》した少女《しょうじょ》

2023年9月15日 初刷

著者 赤《あか》川《がわ》次《じ》郎《ろう》

発行者 小宮英行

発行所 株式会社徳間書店

東京都品川区上大崎三－一－一 〒141－8202
目黒セントラルスクエア

電話 編集〇三(五四〇三)四三四九
販売〇四九(二九三)五五二一

振替 〇〇一四〇－〇－四四三九二

印刷 大日本印刷株式会社
製本

ISBN978-4-19-894892-4 (乱丁、落丁本はお取りかえいたします)